うちの父が運転をやめません

角川文庫
23535

目次

1

——次は事故のニュースです。

男性アナウンサーがふいに顔を上げ、真剣な目をしてこちらを見た。

——今朝八時十分頃、軽自動車が通学途中の小学生の列に突っ込みました。運転していた七十八歳の男性は軽傷ですが、小学生二人が骨折などの重傷を負った模様です。

またか。

ここのところ高齢ドライバーの事故ばかりじゃないか。

なんでわざわざ通学路を運転するんだよ。ほかの道を使えばいいだろ。

それも、よりによって通学時間帯なんかに。

そもそも、もう七十八歳なんだから、運転なんかやめればいいのだ。

現役のタクシー運転手だというなら同情の余地もあるけど、テロップにかっこ無職って出てるじゃないか。

あ。七十八歳っていえば……。

うちの親父も確か今年七十八歳になるんじゃなかったっけ？　田舎は都内と違って道路が空いているから大丈夫だとは思うけど……。

壁の時計をちらりと見た。

今夜も妻の歩美の帰りは遅かった。去年の春に部長に昇進してから残業が増えた。そういう自分も、十時前に帰宅できたのは久しぶりだ。

そのとき、玄関ドアが開く音がした。

「ただいまあ」

歩美のだるそうな声が聞こえてきた。今日もかなり疲れているらしい。

「あら、またお年寄りが小学生の列に突っ込んだの？」

リビングに入ってきた歩美は、重そうなバッグを肩から下げて突っ立ったままテレビを見つめた。

雅志もそう思うでしょう？」

「どうしてよりによって通学途中の列に突っ込むのかしらね。ほんといい迷惑よね。

歩美が自分のことのように怒っているのは、息子の息吹が小学生だったときに、仲の良かった友だちが高齢ドライバーに突っ込まれて足を骨折したことがあるからだ。入院生活が長引いたことが原因で不登校になってしまい、いつの間にか遠くへ引っ越して行った。その後しばらくの間、息吹がしょんぼりしていた姿を今でもときどき思い出す。その子の母親が子供好きの専業主婦だったので、息吹はその子の家にちょくちょく遊びに行っていた。つまり、親友だけでなく、親代わりの優しいおばさんも消えてしまったのだ。別れの挨拶さえないままに。

「息吹は？」

「さっき風呂に入ったとこ」

「ねえあなた、最近の息吹、暗いと思わない？　大丈夫かしら」

歩美はスーツ姿のままソファに腰を下ろした。

この春、一人息子の息吹は高校生になったばかりだが、青春真っ盛りとは程遠く、覇気がなくて表情が暗い。私立の中高一貫の男子校だから、高校に入学したとはいっても、校舎は中学校と同じ敷地内にあるし、同級生の顔触れも代わり映えしない。新鮮味も面白味も感じられないのだろうか。

不妊治療をして、やっと授かった子供だった。夫婦ともに三十七歳のときに生まれたから、親子それぞれが育った時代背景の差も大きい。二十代半ばくらいで親になった人なら、親子の年齢差が小さくて話も合うのだろうか。

自分が高校生になったのは、かれこれ四十年近くも前のことになる。新しい制服を着て高校の門を潜ったときは意気揚々としていて、でも内心はドキドキだった。教室に足を踏み入れてみると、クラスの半分が見知らぬ顔で、田舎にある県立高校だから通学範囲もそれほど広くはないのに、微妙に方言の違いがあることを発見したり、隣のクラスにかわいい女子を見つけたりして、入学早々に胸が躍ったものだ。それらを思い出すたび、息吹も男女共学の公立で十分だったんじゃないかと思うことがある。

「放任で育てたツケが回ってきたのかしら」と、歩美が溜め息まじりに言う。

歩美もずっと正社員として働き続けてきたので、保育園とベビーシッターを頼りに息吹を育ててきた。小学校に入学してからは、学童保育と公文に行かせて独りぼっちの時間を作らないよう工夫した。つまり、他人任せで、親子の接点は少ないまま今日まで来た。

育児雑誌などには、一緒に過ごす時間は短くても、ギュッと抱きしめて濃密な時間を持てばいいなどと、親に都合のいいことが書かれている。保育園から持ち帰る大量の洗濯物、子供の食事や入浴の世話など、親は素早くやりたいのに、子供がぐずって時間がどんどん過ぎる。心身共に疲れ果ててストレスが溜まっている親に、子供に優しく接する余裕などあろうはずがない。正直言って、自分一人が生きているだけで精いっぱいだった。

「高校に入ってから声をかけにくくなったわね。思春期って難しい」

そう言って、歩美は首を大きく回した。「最近、肩こりがますますひどくなっちゃって」

息吹のことが心配だった。夫婦ともに忙しいと、どうしても子供に皺寄せが行ってしまう。そういう暮らしが子供に良くないことはわかってはいたが、共働きでないと生活水準が保てなかった。

東京は住居費も高いし、昨今はスマホを始めとする通信費も馬鹿にならない。教育費だって、知らない間に驚くほど高額になった。自分の頃は国公立大学なら授業料が安かったから、自分のように貧乏人の倅でも、勉強さえ頑張れば進学が叶った。

今の時代は、金がいくらあっても足りない。だから、歩美が正社員として働き続けてくれていることを、ありがたく思っている。

歩美が部長職についたときはレストランでお祝いしたが、現実は喜べるものではなかった。役職手当がついたとはいうものの、それまで以上に残業が増えたのに、残業代がカットされてしまい、結局は手取りが減った。

夫の収入だけで、ゆとりのある暮らしができる家庭が羨ましかった。家に誰かしら大人がいて留守を守るという暮らしの豊かさを思うのだ。常に誰かが在宅している必要まではなくとも、時間的に余裕があって融通を利かせられる大人がいれば、子供の安心感は格段に違ってくるだろうし、何より子供の安全を守れる。息吹のことを考えると、専業主婦の妻を持つ知り合いが妬ましくなることが、最近になって増えてきていた。

とはいえ、夫婦で協力して、自分たちなりに、できる限り息子から目を離さないようにしてきたつもりだったのだが。

「着替えてくるわ」

そう言って、歩美は自分の部屋に入っていった。

歩美はデザイン会社に勤めていて、若い頃は仕事が楽しいと言っていたものだが、何年も前から、その言葉は聞かなくなった。たぶん、色々なことに耐えているのだろう。自分が勤める会社でも未だにセクハラ発言が飛び交っていることを思えば容易に想像できる。そんな中で頑張っている歩美を前に弱音を吐くわけにはいかない。

自分は家電メーカーに勤めている。研究職といえば聞こえはいいが、給料は多くないし、仕事の内容も面白いとは言い難い。主にタービンとモーターを担当していて、ここ何年も省エネルギーの研究ばかりだ。もう十年以上も前から各社が競っていて、これ以上の省エネとなると微々たる差しか見込めない。もっと画期的な何かを開発したいと思うが、医療や介護のコミュニケーションを支援するＡＩロボットを作る花形部署にはなかなか異動させてもらえない。この年齢になると、もうチャンスはないだろうと半ば諦めている。

大きな会社だから世間にも名は知られている。テレビドラマのスポンサーになって、有名な女優を使ったイメージフィルムが流れることもある。そのたびに田舎の両親は、これが息子の勤める会社だと、親戚や近所に自慢している。伝統があるといえば聞こえはいいが、体質が古くて、未だに年功序列がきっちりと守られていて、上司に意見が言いにくい雰囲気がある。

仕事に面白味が感じられなくて、もっとやりがいのある仕事に就きたいと、若い頃から思い続けてきた。だが当時は終身雇用が当たり前で、他社に引き抜かれない限り、転職は容易ではなかった。あれから年月を経て世間は様変わりした。いつの間にか派遣社員が増えて、転職する者も増えた。だが、そうなったときには自分は年を取り、転職は難しいと言われる年齢になっていた。

「日本の道路って、どうなのかしら」

そう言いながら、部屋着に着替えた歩美が出てきた。

「歩道が狭すぎるよな」

今朝の事故に遭った小学生たちは、白線の内側を歩くよう学校から指導されていたらしいが、どう見たって、あれは歩道じゃなくて路肩だ。それも、幅一メートルにも満たない。そこから一歩もはみ出さずに歩けと小学校一年生に言うのも酷な話だ。

どちらにせよ、今日事故を起こした車は、路肩どころか民家の軒先まで突っ込んで外壁にぶつかったのだが。

「ドイツみたいな道路だといいのにな」

いつだったかテレビで見たドイツの道路を思い出して言った。歩行者用の道路だけでなく自転車用まできちんと整備されて色分けされていた。余裕のある幅で作られていたのを見て、日本とのあまりの違いにショックを受けた。

「確かにそうね。ドイツは道路がきちんと整備されてたわ」

歩美は何度かドイツに出張に行ったことがあった。強く印象に残ったと見えて、十年以上も前のことなのに、今でも詳細に覚えている。

浴室のドアが開く音がした。息吹が風呂から上がったのだろう。だが、リビングに顔を出すこともなく、そのまま自分の部屋へ入ってしまったようだ。

――息吹もこっちに来て、一緒にテレビでも見ないか。

たったそれだけのことが言えなかった。我が子ながら本当に声をかけにくい。いつからこんな関係になってしまったのだろう。

今さら言っても仕方のないことだが、たとえ共働きだとしても、夫婦のどちらかが、自宅でできる仕事だったらよかったのにと思う。働く親の姿が、子供の視界の隅にあれば、わからないことはすぐに聞けるし、困ったことがあればすぐ助けを求められるから、子供の心に安定をもたらしただろう。

田舎で子供時代を過ごした自分にとって、都会での子供の暮らしを理解するのも難しかった。歩美は都会育ちだが、歩美の母親は一度も働いたことがない専業主婦だ。

母親に至れり尽くせりの面倒を見てもらって育ってきた歩美もまた、両親不在で育った息吹の心中は容易には想像できないに違いない。

最近の息吹は成績が下がる一方だ。三者面談でも担任教師に厳しいことを言われたのに、そのことについて息吹と突っ込んだ話し合いを持てないでいるのが歯がゆかった。こういうとき、世間の親は遠慮なく子供を叱り飛ばしたりするのだろうか。だが自分にはできない。息吹との心の距離が遠すぎる。それとも、自分は子供に気を遣いすぎているのか。距離の取り方がわからなかった。

息吹の通う私立高校はマンモス校で、一学年十五クラスもある。試験のたびに成績がホールに貼り出されるのだが、上位者だけならともかく、なんと最下位まで全員の成績が貼り出される。生徒のやる気を引き出すためと学校側は言うのだが、どう考えても自分には人権侵害としか思えない。

――遅刻は一回もないですよ。

面談の終わりに、担任が慰めるようにそう言ってくれたのが唯一の安心材料ではあるが、あれほど熱心だったサッカー部も中学卒業と同時にやめてしまった。放課後は友人と遊び歩くでもなく、真っすぐ家に帰ってきているようだ。顔を合わせるのは、家の中の短い廊下やキッチンですれ違うときくらいだが、喜怒哀楽のない能面のような表情で、夢も希望もないといった風に見える。

父親が夢も希望もないサラリーマン生活を送っているのを身近に肌で感じていれば、そういう考えになってしまっても不思議ではない。そういう意味では、息吹には洞察力があるし、現実を正確に捉えていると言えなくもない。

……と、そんな風に自分を皮肉ってみたところで何の慰めにもならない。

やりがいのある仕事をしていて、そのうえ残業の少ない父親ならば、その日の成果や会社での面白おかしい人間関係などを事細かに子供に話して聞かせるのだろうか。そういった家庭では、親子の気持ちも通じ合い、子供は将来に希望を持って育つのかもしれない。うちのように、親が常に疲労を滲ませているのを見て育つと、子供は大人になることを楽しいことだとは思わないだろう。

「やっぱり日本の道路はダメよね。歩行者より車を優先しているんだもの」

歩美は炭酸入りのミネラルウォーターを飲むと、ふうっと息を吐いた。

「日本の政府も色々と対策はやってるけどね。高齢者には運転免許を自主返納するよう、ずいぶん前から言ってるし」

「自主返納なんて甘いんじゃないかしら。年齢制限を設けた方がいいんじゃないかな。例えば、六十五歳以上は運転禁止にするとか」

「六十五歳は若いよ。車で営業回りをしている人もいるだろうし」

「それもそうか。定年がどんどん伸びてるもんね。だったら六十五歳以上の人は就業証明書がある人に限るっていう法律を作ればどう？」

「それもかわいそうじゃないかな。退職後に旅行を楽しみたい人もいるし」

つい先月退職した上司は、日本中を車で回る計画を楽しげに語ってくれた。潑剌としていて見かけも若々しい人だった。あの人から運転免許を取り上げるなんて無慈悲だと思う。

「旅行なら、飛行機や新幹線を使えばいいじゃないの」

「高くつくよ。節約旅行をしたい人も多いと思うけどね」

歩美の両親は、吉祥寺駅から徒歩三分のマンションに住んでいる。駅前にはデパートもショッピングセンターもあり、昔ながらの商店街も活気に溢れ、土日などは真っすぐ歩けないほど人通りが多い。生活に至便なうえに、関東ローム層に位置している平坦な地形だから、年寄りでも歩きやすい。つまり、車がなくても快適に暮らせる。それだからだろう、歩美の両親は、免許返納が叫ばれるずっと以前に車を手放した。それに金持ちだから、近距離でもすぐにタクシーに手を上げる。

だが、うちの両親はそうはいかない。金持ちじゃないし、そもそもあんな田舎で流しのタクシーなんて一度も見たことがない。

「雅志のお父さん、まだ運転してるんだっけ？」

「そうなんだよ。そろそろやめたらどうかって、何度か言ってはみたんだけどね。あの通り頑固でね。やめる気なんてさらさらないみたいだった」

「それは心配ね」

「田舎じゃ車がないと生活できないから、あんまり強く言えなくてさ」

「買い物や通院のときは、役場の方でマイクロバスを出してもらえないの？」

歩美は明るい調子で言った。都会育ちの妻には、田舎の事情を想像することは難しいのかもしれない。

「そんなの財政的に不可能だと思う」

「そうかしら。箱物を作るのに比べたら、価値ある税金の使い道だと思うけどなあ。もしそれがダメなら、町の中心地にスーパーも病院も住居も集めたコンパクトシティにすればいいのよ。そういうの、ドキュメンタリー番組で見たことがあるわ」

「そんな大掛かりなことなら余計に無理。もっと金がかかるだろ」

「でもね、検討する前から何でもかんでも無理って言ってるうちは前進しないと思うのよ。やっぱりそこは基本に立ち返って、無駄な経費を切り詰めたり、ふるさと納税で工夫を重ねるとかして、なんとか乗り越えられないものかしら」

歩美は頭の回転が速く、いつも合理的な考え方をする。市長や市議会議員がみんな歩美のような人間なら、そういった金をもしかしたら捻出できるのかもしれない。だが実際は、故郷の地方議会の中に、大胆な改革を提案するような議員は見当たらない。

もしいたとしても、大勢を占める頭の古い議員たちに太刀打ちできないだろう。

　そのとき、背後のドアが開いて息吹が顔を出した。

「田舎のじいちゃんが、どうかしたの？」

　話が聞こえていたらしい。

「今、高齢ドライバーの事故のニュースをやってたんだよ。うちの親父は大丈夫か心配になってね」

「そうか、じいちゃんて、まだ運転してるのか」

　そう言いながら、部屋から出てきてソファに近づいてきた。

　息吹と話すのは久しぶりだった。息吹の方から話しかけてくれたことが嬉しかった。見ると、歩美の頬も緩んでいる。

　たまには親子三人でソファに並んで座り、学校や友だちの話なんかを聞きたかった。人生の先輩として、何かひとつでもアドバイスできることがあるかもしれない。

「息吹、ちゃんと勉強してるか？」

　そう尋ねた途端に、息吹の顔が強張った。叱責するつもりは、これっぽっちもなかった。他に話題が思い浮かばなかっただけだ。

「まだ一年生だからって油断しちゃダメよ」

　歩美の言葉が追い打ちをかけた。

息吹は思いきり顔を顰め、踵を返して部屋に戻り、バタンとドアを閉めた。

次の瞬間、夫婦で目を見合わせていた。

——そんなつもりじゃなかったのに。

——会話のきっかけをつかもうとしただけなのに。

口には出さなくても、互いの気持ちがわかって悲しくなった。

2

帰省しなきゃならないと思うだけで憂鬱になる。

家電メーカーの研究室に勤めるサラリーマンにとって、長期休みは盆正月の二回しかない。考えてみれば、最後の自由時間は大学生のときだった。あれから三十年もの間、仕事が忙しすぎて、残業が多すぎて、二十代の頃からずっとへとへとで、疲れが取れた瞬間などなかった気がする。

そして、年にたった二回しかない長期休暇は、こうして帰省で潰れる。自分は一人っ子だから、年老いた親を見放すわけにはいかないから仕方がない。

そんなことを朝からずっと考えていて気持ちはどんより曇っていた……はずだった。

それなのに、列車からホームに降り立った途端、ゆったりとした優しい気持ちに変わった。

毎度のことながら不思議だ。田舎の空気のせいなのか、それとも見渡す限り緑の山々と田んぼしかない風景のせいなのか、それとも草いきれの青臭い匂いが都会生活でささくれ立った神経を宥めてくれるのか。

「父さん、どうした？　ぼうっとしちゃって。早く行こ」

「え？　ああ、そうだな」

息吹が一緒に田舎に行きたいと言い出すとは思いもしなかった。普段は、こちらから問いかけても、「別に」としか言わないし、目も合わさないし、すぐに自分の部屋に籠ろうとするのに。

いったいいつから話しにくくなってしまったのだろう。

思春期のせいにしたかったが、それはきっと違う。幼い頃からずっとそうだったのだ。生後三ヶ月で保育園に預けたし、夫婦揃って残業が多くて保育園だけでは足りずに、地域の保育ママや夜間保育まで利用して、なんとかしのいだのが子育てのスタートだった。

自分は保育園ではなく幼稚園に通った。幼稚園は昼までだったが、それでも、どうしても行きたくなくてずる休みしたことが何度かあった。母はなぜ行かないのかと問い詰めたりもせず、したいようにさせてくれた。母は子供心を案じてくれたのではなく、単に忙しくてかまっている暇がなかったのだと思う。自分にしても、幼稚園で特に嫌なことがあったわけでもなく、ただ単に無性に家にいたかったのを覚えている。

誰しも安全で安心で快適に過ごせる場所でないとリラックスすることはできない。幼稚園や学校は、他人と長時間一緒の空間にいなければならない。そのアウェイ感に、子供ながらに疲れていたのだと思う。

それなのに、息吹を強制的にあちこちに預け、選択する権利を与えてこなかった。

歩美の両親は都内に住んでいるとはいうものの、息吹が生まれたときは既に七十代で、赤ん坊の世話は老体には無理だときっぱり断られた。その一方で、残り少ない人生を目いっぱい楽しむんだとばかりに、豪華客船クルーズを始めとして海外旅行三昧（ざんまい）だ。赤ん坊時代は無理でも、保育園の年長や小学校低学年のときなら、夏休みを一緒に過ごすなど、少しは気にかけてくれてもよさそうなものなのにと思ったが、そういった配慮は全くなかった。

だが無理もない。歩美の母は、百二歳で亡くなった姑（しゅうとめ）の介護を二十年近くもやってきたのだ。その反動もあったのだろう。それに、年寄りの気持ちというのは、自分が年寄りになってみないとわからないものだ。

あれは、いつだったか……。

――研究室とは名ばかりで、雅志さんのお給料は少ないのね。

何かの拍子に岳母がそう言っているのを立ち聞きしてしまったことがある。

娘の歩美が息吹をほったらかしにしてまで働き続けるのは、夫の稼ぎが少ないからだと思っているようだった。

「さっきからずっと黙ってるけど、もしかして、父さんも怒ってんの？」

息吹の問いかけで、ハッと我に返った。

「えっ、怒る？　俺が？　えっと……何の話だっけ」

「だって母さんは大反対だったじゃん。塾の夏期講習を休んでまで田舎に行くなんて言語道断だって」

「ああ、そのことか。たまに帰省するくらい、いいじゃないか。息吹だってせっかくの夏休みなんだし」

そう言いながらも、子供の前で母親と異なる意見を言うことに罪悪感があった。両親の意見に相違があると、子育てに悪い影響を及ぼすと、息吹が生まれた頃に読んだ育児書に書いてあったはずだ。

「父さんて、意外なこと言うね」

何が意外なのだろう。逆にどう言えば意外ではないのか。

自分が息吹のことをよくわかっていないように、息吹もこちらの考え方など知らないのだ。振り返れば、仕事が忙しすぎて、会話がなかったし、子供の成長を見守る余裕もなく、運動会すら見に行けなかったことが何回もある。保護者会や参観日も、夫婦どちらも都合がつかないことも多く、三者面談などの避けられないものだけに、「風邪を引いて熱がある」などと歩美が会社に嘘をついて参加するといった具合だった。そして、それは今も継続中だ。自分も有休を申請したが、上司からそういうのは母親に行かせろと言われ、却下された。

「ところで、息吹はどうして一緒に来る気になったんだ？」

「……うん、何ていうか、突破口を見つけられるかもしれないと思って」

「突破口って、何の？」

「自分でもよくわからないけど、将来のこととか色々……とにかく今はバスの時刻表、見てくる」

走り出した息吹の、少年らしい痩せた背中を見つめた。

息子は父親の身長を追い越して当たり前というような時代は、自分の世代で終わったらしい。息子の肩を抱くにはちょうどいい身長差だが、気軽にそんなことができたのは、息吹が何歳くらいまでだったろうか。

「父さん、見てみなよ。ダメじゃん、このバス」

息吹が振り返り、時刻表を指差したまま顰めっ面をして見せた。

背後から覗き込んでみると、時刻表はスカスカだった。二時間に一本しかなくて、二十分前に出たばかりだ。今年の正月までは、もう少し本数があったはずだが。

「信じらんない。列車とバスが連携してないなんて。だって、特急列車は一日に三本しかないんだぜ」

口を尖らせて言ったすぐあとに、息吹の口角が自然と上がってきた。久々に都会を離れて遠出したことが、楽しくて仕方がないのだろう。

「困ったな。喫茶店で時間を潰すしかないか」

駅前の「純喫茶ポエム」を指さした。高校生だった三十数年前から変わらない店構えだが、看板はすっかり色褪せてしまい、これでもかというくらい鄙びた雰囲気を醸し出している。

「俺は喫茶店なんてゴメンだよ。バスの時間まであと一時間四十分もあるのに、ずっとお茶飲んでるつもりかよ」

「それも……そうだな」

本当は、向かい合って色々な話をしたかった。父子関係を取り戻すチャンスだと考えたのだ。だが、新幹線の中でも息吹は漫画やゲームに夢中だったことを思えば、そう簡単にはいかない。

「でも息吹、家までは遠すぎて歩いていくわけにもいかないしな」

このうだるような暑さの中、重い荷物を持って歩くなんて考えられない。

「だったらタクシーに乗ろうぜ。ダメ？　高くつく？」

そう言って上目遣いでこちらを見る。一刻も早く実家に行きたいようだが、こちらの懐具合も心配してくれている。

――夏期講習代にいくら払ったと思ってんの？

歩美の声が、今も息吹の頭に残っているのだろう。俺は田舎のじいちゃんに会いに行きたいんだと、珍しく歩美に歯向かったときのことだ。

「タクシーは確か五千円くらいかかるんじゃなかったかな」

「だったら俺が払うよ。お年玉預金をおろしてきたんだ」

そう言いながら、息吹が背中のリュックを下ろして財布を取り出そうとしたときだ。目の前のロータリーにすうっと一台の車が滑り込んできた。

「危ないなあ。ぶつかったらどうすんだよっ」

思わず大声を出していた。息吹が思わず飛びのいたほど、車は二人の足許のすれすれの位置に止まった。

「あっ、じいちゃん。じいちゃんじゃないか」

息吹は弾けるような笑みを浮かべた。これほど無邪気な表情を見るのはいつ以来だろう。

見れば、危険な車の運転席には笑顔の父がいた。

「親父、迎えに来てくれたのか。助かるよ」

後部座席に息吹と並んで座るものだと疑いもせず、奥へ詰めて座ったのに、息吹はさっさと助手席に乗り込んでしまった。

「息吹、大きゅうなったな」

「大きくなんてなってないよ。まだ父さんより八センチも低いし」

「お前の父さんが不必要なほど背が高いだけだ。お前は大きゅうなった」

息吹は「そうかな」と嬉しそうな顔をしている。

次の瞬間、車はいきなり出発した。

急発進だったので、身体が前のめりになった。高齢ドライバーの事故のニュースを思い出して一気に不安になる。

――親父、もう運転はやめたほうがいいよ。

そう言いたかったが、口に出せなかった。会って早々険悪な雰囲気になるのが嫌だった。

シャッター商店街と化した駅前を通り抜けて県道に出ると、全国チェーンの書店や洋服の量販店などが立ち並んで様変わりしていた。それらを過ぎると、貸し切りの道路かと思うほど空いていて、他の車と滅多にすれ違わない。確実に過疎化が進んでいるようだ。

やがて田園地帯に入ると、風景は子供の頃とほとんど変わらなかった。夏になるたび泳いだ川も、川底がはっきり見えるほど澄んでいる。今でもヤマメが棲息(せいそく)しているのだろうか。浅瀬の岩陰には小さな沢蟹(がに)もいたはずだ。

次の瞬間、急ブレーキがかかった。息吹はフロントガラスに頭をぶつけ、自分も運転席のハイバックシートに思いきり頭をぶつけた。

「親父、危ないじゃないか」

さっきの不安が確信に変わった瞬間だった。

「ほんだって雅志、ほら、あそこ見てみい」と父がのんびりした声を出す。

「ええっ、マジ?」と息吹が額をさすりながら叫び、「父さん、ほら見なよ」と、前方を指さした。

「かわいいっ。めっちゃかわいいっ」と、息吹が叫び続ける。

後部座席から伸びあがって見てみると、鹿の親子が道路を横切るところだった。母鹿の後ろを、三匹のバンビが遅れないようにと一生懸命ついていく。

「びっくりだな。どうなっちゃってんだ?」

自分が子供の頃は、野原や山を駆け回って遊んだものだが、そんな中でも鹿や熊に出会ったことなど一度もなかった。動物たちは、人間が足を踏み入れない山深い所に棲息(せいそく)しているのではなかったか。それなのに、道路にまで出てくるなんて。

「じいちゃん、俺、車を降りて撫でてみていい？」

「バカもんっ、ダメに決まっとるだろ。奈良の鹿とは違うんやぞ。人間に慣れとらんから嚙みつかれて病気を移されるかもしれん」

「えっ、そうなの？」

「都会の子はそんなことも知らんのか。こりゃちょっと鍛えてやらんといかんなあ。本当なら親が教えてやらねばならんのに」

「親父、そんなこと言われたって無理だよ。都会にこんな場面はないわけで」

それとも、都会育ちであっても他所の子供なら、これくらいのことは常識として知っているのだろうか。そう考えると胸が苦しくなってきた。

親子の会話が少ないために、息吹は暮らしの知恵や世間を渡っていく術などが身についていないのではないか。自分が子供の頃、当たり前だと思っていたこと……例えば、家に友だちが遊びに来て、母がトウモロコシやサツマイモの蒸したのをおやつに出してくれたりしたことなどを、息吹はただの一度も経験していない。

今の時代は物騒だからと、親が留守のときは家に誰も入れてはいけないと、口を酸っぱくして育ててきた。そして……自分たち夫婦は年がら年中、留守なのだった。

たぶん自分が気づいていることは、ほんの一例で、息吹が今まで経験せずにきたことが数知れずあるはずだ。

自分たち夫婦は、親として罪な子育てをしてきた。

でも、自分も歩美も一生懸命だった。東京でサラリーマンとして生きていくためには仕方がなかった。

パソコンや携帯電話が普及したことで、世の中は格段に便利になった。だからといって、仕事が効率化されて、少ない時間で仕事が済み、その結果としてプライベートな時間が増えた……とはならなかった。事実はまったく逆だ。便利になればなるほど仕事は忙しくなり、それどころか、給料の中から少なくない金額が通信費に吸い取られていく。そして息吹はいつの間にかゲームをする時間が多くなり、会話が少なくなった。いくら頑張って働いても金は足りず、常に将来の不安にかき立てられている。

便利さを求めるのはいいが、何のための便利さなのだろう。人生を豊かにするための道具ではなかったのか。

そういった時代の流れに、自分たち家族は翻弄(ほんろう)されてきた。本当なら、時代がどうあろうとも自分の考えをしっかり持って生活を築くべきだったのに。

でも、どうやって？

もしも会社の中で自分だけが家庭を優先させるために早く帰宅する毎日を送っていたなら、上司からも同僚からも非難されたのは間違いない。ズルい、卑怯(ひきょう)だと。そして変わり者のレッテルを貼られ、徹夜も辞さずという雰囲気の中で一人だけ浮いてしまい、査定も低く抑えられ、給料も上がらなかっただろう。

社員みんながプライベートを優先する人間ばかりだったら良かったのだ。だけど、そんなのあり得ないことだし。

会社員生活のつらさが長年に亘って積もり積もったせいなのか、最近は色々考えては後悔ばかりしている。

——俺たち、何か間違ってないか？

そんなことを歩美に言うわけにはいかなかった。歩美は朝から晩まで目いっぱい働いている。家のこともやっているし、頭の回転が速いうえに手早くて抜かりがない。常に一生懸命だからこそ、いつも疲れ果てている。

結婚したばかりの頃、歩美は料理が苦手で、目玉焼き一つまともに作れなかった。自分は学生時代から一人暮らしだったから、歩美よりはまだマシだった。だが、いつの間にか、歩美は熟練の域に達してしまい、共働きなのに、家事や育児を歩美に任せるようになってしまっていた。自分なりに料理を作ってみた日もあったが、料理上手に変身した歩美にはメニューも味付けも気に入らないようだった。

「親父、運転、代わるよ」と、声をかけてみた。

「なんでじゃ？」

父はバックミラー越しに睨(にら)んだ。

「なんでって、危なっかしいからだよ」

「どこがどう危なっかしいんじゃ。急に鹿が飛び出して来たんやから仕方ないじゃろ。それとも何か？　お前なら急ブレーキ踏まんと、そのまま鹿にぶつかるんか？」

そう言うと、これ見よがしにアクセルを踏み込んだ。

思わず溜め息が漏れた。

父は相変わらずだ。皮肉屋で頑固な性格は一生変わらないらしい。

こんな人間に運転をやめさせるなんて至難の業だ。言えば言うほど意固地になる。

ふと自然の風に当たりたくなって、車の窓を少し下げると、川の流れる清らかな音が聞こえてきた。土や緑の甘やかな匂いにも刺激され、子供時代が無性に懐かしくなってきて、目を閉じて新鮮な空気を思いきり吸い込んで肺を満たした。

しばらくして目を開けると、車は県道を逸れて狭い砂利道に入っていくところだった。鬱蒼と茂った緑の隙間から見えるインディゴブルーの空は、東京で見る空の青より濃かった。そのあと竹林を抜けてしばらく行くと、いきなりパッと視界が開け、実家の全体像が見えてきた。子供の頃と何ら変わっていないのを確かめると、安心感と寂寥感がごちゃ混ぜになって涙腺が緩みそうになる。

実家が昔のままで、しかも自分の部屋が今も残っている。そんな五十代以上の人間が、いったいこの世の中に何人いるだろうか。その話になると、同僚の坂田や塚原たちはいつも羨ましがる。

昭和の高度成長期には、猫も杓子も家を建て替えた。応接間のついた一見こぎれいな住宅は何やらハイカラで知的な雰囲気を醸し出していて、子供の頃は友だちのそんな家を羨ましく思ったものだが、今になってみると、あれらは安っぽいエセ西洋建築の走りだったとわかる。

父が先祖伝来の家を建て替えなかったのは、古民家の伝統建築には文化的価値があるというような高尚な理由からではなかった。単に建て替える金がなかっただけだ。だから修繕に修繕を重ねて今日まできたのだ。

人生とは面白いものだ。家を建て替えられないような貧乏な家で育って良かった、などと思う日が来るとは、あの頃は想像だにしていなかった。

朽ちかけた門には、「平民　猪狩平治郎」と書かれた厚い木の札が下がっている。平治郎というのが何代前の爺さんだったか忘れたが、この家は江戸時代から時間が止まっている。

車に乗ったまま門を潜ると、広い前庭が広がった。庭といっても、枝ぶりが立派な松や錦鯉が泳ぐ池があるわけではない。単なる空き地みたいなものだ。門から母屋までは十数メートルあるが、そこには何もない。長年に亘って踏み固められてきた土があるだけだ。

田舎のだだっ広い家には、使っていない部屋もあれば、別棟の納屋もある。考えてみれば、都会にはこのような無駄な空間がない。東京の３ＬＤＫのマンションの間取りは、夫婦と息吹の三人にきっちりと割り当てられていて、空き部屋などあるはずもない。そのうえ廊下の幅も玄関も狭い。マンションでは家具を買うときに、玄関や廊下を通り抜けられるかどうか、幅を考慮しなければならないが、両親はそんなことなど考えたこともないだろう。

時間にも空間にも余裕がない。それが都会の生活だ。とはいえ、便利さは何物にも代えがたいのだが。

車を降りると、老犬トーマスが裏庭から走り出てきた。足許まで来て、尻尾を大きく振って、こちらを見上げている。犬を撫でるだけで、こんなにも気持ちが癒されるということに、帰ってくるたびに驚くのだった。

犬や猫のいる生活の楽しさを、子供時代に息吹にも経験させてやりたい。そう思い続けてきたが、もう高校生になってしまい、とうとう実現できなかった。動物を飼えるマンションも昨今では増えた。だが、実家では敷地内でトーマスを放し飼いにしていることを考えると、狭いマンションで飼うことがかわいそうで踏み切れなかった。昼間は家に誰もいないとなれば尚更だ。

しゃがんでトーマスを撫でてやっているとき、ふと助手席のドアに凹みがあるのに気がついた。

「親父、ここ凹んでるけど、どうしたの？」

そう尋ねると、父は聞こえないのか、それとも聞こえないふりなのか、玄関に向かう足を止めようとしなかった。

「なあ、親父ってば」

もう一度声をかけると、父は半身だけ振り返り、ぼそぼそと言った。

「ああ、それか。ドカ雪が降った日に、雪の轍にハンドルを取られたんじゃが、まあ別に気にするほどのことでも……」

「何かにぶつかったのか？」

語尾がはっきりせず、何かごまかそうとしているように見えた。

「まあな」

「何にぶつかったんだよ」

「しつこいな。なんだってええじゃろ。もう忘れた」

目を合わせようとしない。なんだか怪しい。そろそろ運転をやめた方がいいと、電話で母に言ったのが伝わっているのだろう。それを再び息子から面と向かって言われるのを警戒しているのか。

「あらあ」

若やいだ声を上げながら、母が縁側に出てきた。声だけは若いが、背中が丸くなっていて、また一段と年を取ったように見えた。

「よう来たねえ、息吹くん。首を長うして待っとったんよ。三年ぶりなんやもん」

「ばあちゃん、こんにちは」

「そこの井戸で顔と手を洗ったら、ご飯にしようね」

「うん、俺、腹減って死にそう」

息吹は、まるで小学生に戻ったような屈託のない笑顔を見せた。家では常に親の顔色を窺(うかが)っているような面があり、隙を見せなくなって久しいのに、今日は無防備に素を晒(さら)している。

「すげえデカい」と息吹がはしゃいだ声を上げた。視線の先には井戸があり、その横の盥(たらい)に、巨大な西瓜(すいか)がぷかぷか浮いていた。

「息吹くんのために、畑から今朝採ってきたの。今年は出来が良うての、ごっつい甘いんよ」と母の声まで弾んでいる。両親にとって息吹が唯一の孫だ。

母屋に一歩足を踏み入れると、たちまち線香の香りに包まれた。子供の頃は何とも思わなかったのに、この香りですうっと気持ちが落ち着くとは、自分も年を取ったものだ。

家の中はひんやりとした空気に包まれていた。外は猛暑なのに、昔の家は、床下を風が吹き抜けるからか、まるで別世界に来たみたいに涼しかった。

板戸も襖も開け放してあるから、土間に立てば囲炉裏のある居間が見渡せ、その奥の八畳間も見通せた。あるのは座卓と座布団だけで、椅子もテーブルもないからか広々としている。

日が長く、まだ外は明るいが、夕飯は用意万端整っていた。

座卓の上には、ソーメン、焼き茄子、万願寺唐辛子とジャコの煮物、タケノコ田楽など、所狭しと手作りの田舎料理が並べてあり、ビールのつまみの枝豆もてんこ盛りだ。家の畑で採れたものがほとんどだった。山菜の天ぷらもあり、大根おろしもたっぷり添えてある。

「若い子はフライドポテトっていうもんが好きなんじゃろ」と母が指さした皿には、大きく切ったじゃがいもの素揚げがあった。息吹のために作ったらしい。

「いただきます」

息吹は旺盛な食欲を見せた。まるでこの三日間何も食べていないような勢いだ。その姿を見ていると、自然と頬が緩んでくる。東京の生活ではファストフードばかり食べている。最近は夫婦揃って更に忙しくなり、まともな料理を作ってやれていなかった。

「美味しいか？」と母が尋ねると、間髪を容れず、「うん、すっげえうまい」と息吹は答えた。

「ほんでも都会の方が美味しいもんがようけあるやろ。ミシュランなんたらとかいう店も多いし、なんといっても息吹くんのお母さんは料理上手なんやし」と母が言う。

息吹がどう答えるだろうと思って、内心冷や冷やしていた。

歩美が具沢山スープや総菜などを作り、密閉容器に詰めて冷蔵庫にきちんと入れていた時期も長かったが、四十代後半あたりから、いよいよ体力的にきつくなってきたのか、料理をする回数が日に日に減っていった。

「ばあちゃんが作るのは特別に美味しいからね」

息吹の言葉に、ほっと胸を撫で下ろした。

親に気を遣ってくれたのだろうか。東京での食事には触れずにいてくれた。

母が東京での暮らしを知ったら、きっと驚くだろう。常に親が不在で、息吹には夕飯代として毎日八百円を渡している。歩美が出産後も正社員として勤め続けていて家計の半分を支えているのを、「立派な女の人じゃね」と母は褒めることも多かったが、それでもやはり昔の人間だから、息吹の孤独な生活を知れば、嫁である歩美を非難するに違いない。息子の前で口に出すか出さないかは別として。

田舎で暮らす両親は、都会で働く子持ちの女性が置かれた状況を想像することは難しいだろう。もちろん田舎でも、定年まで勤める女性がいることはいるが、たいていは学校の教師か看護師などと職業は限られている。自分も小中高を通して、子持ちの女性教師に担任を受け持ってもらったことは何度もあるが、彼女らは、家事も育児も手抜きせずにきちんとこなしているという印象があった。そういうのを目にしていると、女性ならいとも簡単に両立できてしまうといった誤った考えを抱きがちだが、実際は親と同居か近所に住むかして、親の協力体制が整っていることがほとんどだった。

父や母の昔の感覚からすれば、歩美は仕事よりも家庭を優先し、家事や子育てを手抜かりなくやっていると思っているに違いない。

歩美自身は女性が仕事をして当たり前だと思っている。女だから、母親だからと、やりたいことを諦めて家庭の犠牲になるという考えは微塵もないし、男の自分もそういった古い考えを持ったことはない。

だが子供にしてみたら、そんな生活は果たして幸福だったのだろうか。夫婦ともに忙しすぎるとなると、その皺寄せが子供に行くことは避けられないのに、自分たちはそこから目を逸らして暮らしてきた。

せめて、どちらか一方でも残業が少なければよかったのだが。

そんなことを、最近になってしきりに考えるようになった。やっと長い人生を俯瞰できるようになったからなのか。孫ができた同級生もちらほらいると聞いたのがきっかけで、「平民　猪狩平治郎」の時代から、まだ見ぬ孫の時代の生活の変化にまで思いを馳せるようになった。

「じいちゃんは何歳まで運転するつもり？」

息吹の声で現実に引き戻された。

息吹が気にしているのは、最近になって高齢ドライバーの事故のニュースが相次いでいるせいだろう。

「ねえ、何歳くらいまで？」

父が答えないのを聞こえなかったと思ったらしく、息吹はもう一度尋ねた。

「わしは死ぬまで運転するつもりじゃ」と、父は低い声でぼそっと答えた。

「親父、冗談はやめてくれよ」

父の気持ちを逆撫でするとは思ったが、言わずにはいられなかった。「さっき駅まで迎えに来てくれたときだって、俺と息吹が立っているところに突っ込みそうだったじゃないか」

「えっ、本当？」と母が心配そうな顔をして箸を置いた。

「何を言いよる」

父は打って変わって大きな声を出した。「お前らが車に乗り込みやすいよう、ギリギリの所に停めてやったんじゃ。ああするのは高度な運転技術がいるんだぞ」

得意げな顔だった。あまりに自信満々といった顔つきなので、そういわれればそうだったかもしれないと思ってしまう。

いや、ごまかされてはならない。テレビのニュースで見たような、あんな悲惨な事故を起こしてからでは遅いのだ。じっくり話し合って、なんとしてでも運転をやめさせなければならない。

「近所の人たちはどうしてる？　免許返納した人はいないの？」と聞いてみた。

「そりゃあ、おるにはおるけど、ほんの一部だ」と父はムッとしている。

「私が運転免許を持っとらんから、町に出るのはお父さんだけが頼りなんやし」

母の話によると、子や孫と同居している一家であれば、早々に免許返納する年寄りも珍しくはないという。息子だけでなく、その妻や成人した孫たちも通勤のために一人一台の車を持っているから、病院や買い物にも彼らが車で連れて行ってくれる。

とはいうものの、いまや田舎でも三世代同居は少なくなった。ほとんどの家の息子や娘は都会で暮らしていて、盆正月くらいにしか帰省しない。ということはつまり、ほとんどの老人が何歳になっても運転し続けているということだ。

「運転をやめたら生活できん。死活問題じゃ」

父はそう言い、ビールを一口飲んで苦そうに顔を歪(ゆが)めたが、次の瞬間、いきなり顔が輝いた。「おっ、そうじゃった。あれを雅志に見せてやろうと思っとったんじゃ。母さん、あれはどこにしまった？」

「新聞の切り抜きのことですか？」

母は、「よっこらしょ」と卓袱台に手をついて立ち上がり、棚の上から小さな紙片を持ってきて見せてくれた。

——高齢者ドライバーは本当に危険なのか。

そういう見出しで始まっていた。

——全年齢層の中で、高齢者の飲酒運転率は最も低く、被害の大きい事故の発生率も低い。それどころか死亡事故が最も多いのは、十八歳から二十四歳である。

新聞のコラムを読む間、横顔に父の視線を感じていた。読み終わって顔を上げると、父が「そら見たことか」というような、自慢気な顔つきでこちらを見ていた。

「あのさ、俺だってね、親父が酔っ払い運転をしているとは思ってないよ。スピードを出しすぎることだってないんだろうしね」

父が、その通りだ、といった風に大きくうなずいたとき、「ほんでも……」と、母が言いにくそうに口を挟んだ。「この前、宮脇さんが事故を起こしんさっての」

「宮脇って、博之んとこの親父さん？　博之とは明日会う約束してるけど、メールにはそんなこと書いてなかったな」

博之とは中学高校を通じて六年間、互いに卓球部で切磋琢磨した仲だ。高校卒業後、博之は大阪にある経理の専門学校を出てから、そのまま大阪に残って五年ほど働いたが、「俺は都会を卒業した」と、どこかで聞いたことのあるセリフをカッコつけて言い、Ｕターンして地元の農機具店に就職した。

「まっ、事故ゆうても宮脇のは死人が出たわけじゃなし、たいしたことやなかった」と、父が自分のことのように言い訳する。

博之に明日会ったら聞いてみよう。彼も親父さんに運転をやめさせたいと考えているかもしれない。

「昔はバスが一時間に一本はあったのに、だんだん少のうなってきてのう。とうとう赤字路線を廃止するっちゅう通達が来たんだわ」

母の話によると、来年いっぱいでバス便がなくなるのだという。

「えっ、なくなるの？　完全に？　一本も？」

思わず大きな声を出して問い返していた。それくらい衝撃的なことだった。

バス便がなくなるというのは、単に不便になるだけではない。町が寂れていくのを如実に表している。

いったいこの町は今後どうなるのか。

いや、この町だけじゃない。日本の田舎という田舎はどうなってしまうのだろう。若者がいなくなり、残っていた年寄りも寿命を迎え、百人以下、いや十人以下といった集落が、どんどん増えていくのは間違いない。

そんなことを想像すると、不安を飛び越えて恐ろしくなってくる。

「息吹くん、この辺も昔は賑やかやったんやで」と、母が遠い目をして言った。

「へえ」と、息吹は相槌を打ってはいるが、ピンときていないようだった。

「俺が子供のときにはね、どの家にも子供が二人か三人はいて活気があったよ。ここに来る途中で神社を見ただろ？　あの境内では、盆踊りや鎮守様の秋祭りなんかもあって、綿菓子や金魚すくいなんかの屋台もずらりと並んだんだよ」

「いいなあ。そういうの、アニメで見たことあるよ」

「駅前の商店街だって、クリスマスシーズンなんかは人がいっぱいでの。私ら親子も、年に何回か大丸食堂にラーメンと稲荷寿司を食べにいったもんや」と母が言う。その食堂もいつの間にか閉店し、三つもあった映画館もボウリング場も全部消えた。

のんびりした時代だった。学校から家に帰れば、いつも母が囲炉裏のそばでナショナルの電子部品を組み立てる内職に精を出していた。母が見当たらないときは、畑に行けばたいていいいた。近所のおじさんやおばさんも、会えば必ず声をかけてくれたし、あちこちの家にも遊びに行った。

それなのに、息吹は、家に友人を連れてきたことさえない。

だが、都会暮らしとはそんなものだ。どこの子供も同じようなものだ……と思いたかった。

　つい最近も、妻は女子会と称して学生時代の友人たちと会ったようだが、そんなときも都心のカフェかレストランと決まっている。多忙な生活の中、人を家に招くには家中を大掃除しなければならないから煩わしいのだろう。

　だが昔は、誰もが気軽に近所の家に出入りしていた。散らかっていても、埃が溜まっていても、みんな気にもしなかった。

　人の心も習慣もどんどん変わっていってしまう。

　田舎の人もみんな小ぎれいになって上品になっていく。

　いい面も多いのだろうが、なんとも寂しい。

3

　翌朝はすっきりと目覚めた。

　こんなに気持ちのいい朝は、いつ以来だろう。

　東京での一日は、目覚まし時計に叩き起こされるところから始まる。一晩寝ても疲れが取れず、身体がだるくて、なかなか起き上がれない。だが、ここで目を閉じたりしたら、再び眠りに落ちて遅刻してしまう。そう考えたら恐くて、頑張って目を見開いて天井を睨みつける。そんな毎日だ。

仰向(あおむ)けのまま伸びをすると、枕元に置いたスマートフォンに手が触れた。手に取って画面を見た途端に苦笑していた。既に十時を過ぎていたからだ。こんな時間なら、東京の生活でも目覚ましがなくても起きられる。

昨夜は早い時間に睡魔に襲われた。ここは、夜の八時でも深夜のような静寂に包まれる。東京では必ず見る夜のテレビニュースも、この家に帰ってくると見る気がしなかった。ニュースが現実のものではなく、遠い異国の幻のように思えてくる。

東京では、眠くてもだらだらと遅くまでテレビを見てしまう。そして、たいして飲みたくもないビールやコーヒーを惰性で飲んで夜更かしをする。そういった時間がないと、会社と自宅の往復だけのうんざりする毎日で、虚(むな)しくなってしまうからだ。しかし、夜更かししたところで何か楽しいことが起こるわけではない。それどころか、単に睡眠時間が削られて更に不健康になるだけだ。

わかってはいるのだが……。

高校を卒業するまでこの家で暮らしていたが、父も母も常に自分より先に起きて働いていた。朝寝しているところなど一度も見たことがない。驚異的なのは、今も昔も目覚まし時計を使わないことだ。

「さて、と」

今夜も実家に泊まる予定なので、布団は畳まず、そのままにしておくことにした。

畳の上を歩くと、マンションにはない柔らかな感覚が足の裏に心地よかった。障子から差し込む光もぼんやりと優しい。

ふと部屋を見渡し、小学生の頃から使っている机に近づいた。隣には古びた本棚があり、その横の小さな簞笥の上にはプラモデルが並んでいて、埃を被っている。

定年後にはゆったりした気持ちで、何十年ぶりかでプラモデル作りを再開するのもいい。もう少し高価な材質で精巧なものを作ってみたい。

いつかそのうち、時間ができたらゆっくりと……。

机に貼られたシールを見つめた。漫画雑誌か袋菓子かのおまけについていた仮面ライダーだ。懐かしいというよりも、不思議な思いがした。自分は何十年か前に確かにここにいて、このシールを貼った。それは疑う余地のない事実だ。だが、頭ではわかっていても、狐につままれたような感覚はなくならなかった。

小学生だった自分が大人になったという、その人生の連続性がピンとこなかった。あの頃の猪狩雅志少年は、もうこの世にはいないとしか思えなかった。まるで他人のような気すらしてくる。

大学受験用の参考書の中から一冊を手に取ってみた。書き込みや線がたくさん入り、繰り返し勉強した跡が見られた。

だが、高校生だった自分が、またしても他人のように思えてきた。とはいえ、頑張って勉強したことは覚えているし、何冊も証拠としてここに残っている。

そのとき、ハッとして宙を見つめた。

――いつか、ゆっくりと。

「いつか」というのが、実は定年後のことだと気づいたのは、いつ頃だろうか。

あれもこれも定年後にしかできないとしたら、それ以前の自分の人生は、いったい何だったのだろう。

仕方がないのだ。残業が多くて忙しいのだから。

でも、やっぱり何かが間違っている。

深い溜め息をつきながら居間に行くと、誰もいなかった。家の中は静まり返っていて物音ひとつしない。マンションと違い、上下階や両隣の物音もない。

「息吹、まだ寝てんのか？」

そう声をかけてから、隣の部屋に通じる重い木の引き戸を開けてみると、もぬけの殻だった。蒲団は敷いたままだが、寝巻きのスウェットがきちんと畳んである。母と一緒に畑にでも行ったのだろうか。

アブラゼミの大合唱はうるさいほどだった。外はきっと猛暑だろうが、家の中は自然の風が通り抜けていて涼しい。太い柱を触ってみると、ひんやりしていた。

縁側の向こうに、ひょろりと背の高い向日葵が揺れているのが見えた。近所の幼馴染みたちと遊んだ日々をふと思い出した。夏は蛍を取りに行って瓶に詰めて明かりを楽しんだのだった。

幼い日の様々な思い出を、歩美と共有することはできない。歩美は東京で生まれ育った。小学生の時から学習塾に通っていたそうだ。一方、自分は遊んでばかりいた。そもそも学習塾というものがこの町にはなかった。もちろん私立の中学というものもなかったし、マクドナルドやスターバックスは今もない。

台所に入ってインスタントコーヒーの瓶を探し出し、テーブルに置いてあったバナナを食べながら、食パンにスライスチーズを載せてオーブントースターに放り込んだ。トーストやマグカップを木製のお盆に載せた。子供の頃からあるお盆で、「大日本帝国陸軍近衛師団」と金色で書かれている。居間に移動し、囲炉裏の前に座ってテレビをつけた。今日も甲子園球場は朝からカンカン照りらしい。焦げてしまったトーストを齧りながら高校野球を見ていると、急に外が暗くなってきた。

マグカップを片手に縁側へ行って空を見上げると、四方八方から雨雲が這うようにして青空を覆っていくところだった。遠くで雷がごろごろと鳴っている。

次の瞬間、稲妻が光ったと思ったら、大粒の雨がぽつぽつと落ちてきた。乾ききった土の色が見る間に濃くなっていく。古民家とはいえ、さすがに茅葺きの屋根の補修は難しくなり、ずっと前に瓦に変えていたから、雨の音がバチバチと大きく響いてきた。

そのとき、庭の木戸の向こうに郵便配達人が見えた。昔ながらの大きな赤い郵便ポストから、ほんの数通の手紙類を取り出している。作業が終わると、急いで大雨の中をバイクで去っていった。

人の姿を見ると安心した。この感覚は、東京の生活では経験しないことだった。たとえマンションの十三階の部屋に一人っきりだとしても、窓の下にはたくさんの人や車が見えるし、わざわざ見なくとも騒音でわかる。

父か母のどちらかが先に逝けば、残された方はここで独りで暮らすことになる。郵便配達人の姿を一日一回見ることで安堵しながら生きていくのだろうか。過疎が理由で、家の前に設置されている郵便ポストが撤去されたら、一日中誰の姿も見ない日々が過ぎていくのではないか。

足許の大きな沓脱ぎ石にも雨が当たり、見る間に雨の水玉模様が増えていった。蟻たちも突然の雨に驚いたのか、列をなして穴へと避難していく。

雨の匂いを嗅いだのは久しぶりだった。その匂いを長い間忘れていた。

縁側に足を投げ出して座り、濃い緑の木々を見つめた。幼かった日、こういった場面に何度も遭遇した。両親とも不在のときは、どんどん薄暗くなっていく家の中に一人でいることが心細くなった。

息吹も同じように独りぼっちの時間を過ごしてきたはずだ。自分の比ではない多くの日々を。

自分のときは、近所に知り合いがたくさんいて、親戚の家にしても、子供の足で歩いていける範囲内に三軒あった。だが、息吹は本当に独りぼっちだった。

風が強くなってきた。

ずっとここで暮らしていたら、自分はどういう人間になっていただろう。きっと都会生活を謳歌する友人たちを羨み、田舎にとどまったことを後悔する日もあったに違いない。その一方で、たまに都会に出る機会があれば、人の多さに酔い、よくもこんな空気の汚いゴチャゴチャした所に住めるものだと呆れたはずだ。そして、用事を済ませて田舎の広々とした家に帰ってきたときは、ホッとする。そんなことは、両親や親戚たちが冠婚葬祭で上京した時の様子を見ていたら容易にわかる。

雨が更に激しくなってきた。庇が二メートル以上あるので、家の中までは降り込んでこない。あっという間に庭に水たまりがいくつもできた。そこにも容赦なく大粒の雨が散弾銃のように降り注ぎ、水しぶきを跳ね上げている。

急に気温が下がってきた。

驟雨で霞んだ景色を見ていると、自分がこの家で生まれ育った過去が幻だったように思えてくる。この場所が自分の原点なのに、見れば見るほど現実感が薄らいできて、数年前に出張で行ったカンボジアの奥地にいるような気がしてきた。

風が強くなり、庭の奥にある雑木林が猛り狂ったように枝をしならせ始めた。樹木の隙間を潜り抜けた風が軒を震わせて、頬を撫でていく。

昨日までいた東京の喧騒とは、かけ離れた情景だった。

心から都会生活を楽しんでいたのは大学の四年間だけだった。就職してからは常に時間に追われていて、神経が安まる瞬間がなかった。もっと給料が多かったらどんなにいいだろうと、考えても仕方がないことばかり考えてきた。

「父さーん」

そのとき、息吹と母が小走りになって門を入ってくるのが見えた。二人ともびしょ濡れで、母までが子供に帰ったみたいに楽しそうに笑っている。

「ああ、恐かった。雷さんに打たれるかと思ったで」

「田舎の朝はほんとに気持ち良かった。父さんも早起きして一緒に来ればよかったのに」

早朝から二人で墓掃除に行って花と線香を供え、そのあとは付近を散歩してきたのだという。そんなことなら叩き起こしてほしかった。ゲームをしていない息吹と一緒に過ごせる貴重な時間だったのに……。

まるで、最後のチャンスを永遠に失くしてしまったような気持ちになった。

明日は早起きしよう。絶対に。

「息吹くんが一緒におると、どこ行っても声かけられてのう。みんな羨ましそうに見とったわ。最近は、盆になっても誰も帰って来ん家が多いでなあ。自慢の孫を見せびらかしてやったわ」

「自慢？　俺がか？　いったいどこがだよ」

そう言いながらも、息吹は嬉しそうだった。近所の人々に、孫さん大きゅうなって、立派な孫さんで、などと口々にお世辞を言われたらしい。

「なかなかの男前だって言われたんだ。お父さんに似ないで良かったね、だってさ」

息吹が今にも噴き出しそうな顔でそう言うと、母が大笑いした。「山下さんは相変わらず口が悪いからのう。まっ、正直なだけなんじゃが。さあて、そろそろお昼ご飯にしようかね。あら、雅志はパンを食べたばっかりか」

「うん、でも昼も食べるよ」

帰省してから食欲旺盛になっていた。母の手料理は野菜がふんだんに使ってあって色とりどりだ。脂や糖分で腐りかけていた内臓が生まれ変わるような気がした。

「息吹くん、仏さんに線香をあげてくれんかの」

「うん、わかった。ねえ、ばあちゃん、お昼ご飯作るの、俺にも手伝わせてよ」

妙に張りきっている。

息吹は仏壇の前に正座し、線香に火を点けた。火を消すのに息を吹きかけたりはせず、ちゃんと手の平で煽って消した。母が教えたのだろうか。

「消し方、よく知ってるんだな」

「父さんが教えてくれたんだよ。俺が保育園の頃」

「そうか、そんなことがあったか」

全く覚えていなかった。だが、微力ながら知恵を授けたこともあったと思うと、嬉しかった。

「そういえば、親父はどこ？」

「あん人は公民館に碁を打ちに行っとんさる」

「車で？」

「そらそうやわ。歩いていったら遠いもん」

運転をやめたら、父は碁会所にも行けなくなる。車がないと、不便なだけではなく、数少ない楽しみさえ奪われてしまうということだ。行動範囲も狭くなり、家に閉じこもりがちになるだろう。

「さてさて、昼の用意じゃ」

母と息吹の三人で台所に立った。

「雅志、そこのほうれん草、根をよう洗ってから茹でてくれるか。お浸しにするからの。ほんで息吹くんは、玉葱と焼き豚のみじん切りじゃ。ばあちゃんの作る焼き飯は美味しいんじゃぞ」

　母はてきぱきと指示を出しながら、料理を作っていく。

「息吹くんは手際がええのう。いっつもお母さんを手伝っとる証拠じゃわ。感心、感心。忙しいお母さんも助かっとるじゃろう」

　ちらりと息吹を見ると、目が合った。

　息吹、お前、変なこと言うなよ。

　心の中でそう呼びかけて、またもや内心冷や冷やしていた。

　——母さんはとっくに料理を作らなくなったよ。駅前にある店で弁当や惣菜を買ってくるだけ。俺は塾に行く前にマックかコンビニのイートインで適当に済ませてる。

　そう正直に息吹が言ったとしたら、母はどんなに驚くだろうか。

　料理に限らず、家事をするときに、子供に教えてやりながらとなると時間がかかる。大人がさっさとやった方が断然早い。時間だけではない。心に余裕がないと、子供に教えてやるのは忍耐が必要で苛々が募りストレスが溜まる。そういった時間を楽しめる余裕のある親ならいいが、自分たち夫婦には無理だった。だから、息吹にはほとんど何も教えてこなかった。

　だから驚いていた。こんなにも庖丁がうまく使えて、要領が良く手早いとは。

「母さんに教えてもらったことはないよ。小学校の頃に学童クラブのキャンプ教室で先生に教えてもらったし、テレビの料理番組を見て勉強したんだ」と、息吹は得意げに言った。

「そりゃ立派なことやわ。お父さんもお母さんも忙しいと、自立心旺盛な子に育つって聞くけど本当なんやな。偉い、偉い」

母が満面の笑みで褒める。

放任で育てたことは、悪いことばかりではなかったらしい。学校から家に帰っても誰もいなくて、何でも自分でやらなければならなかったのだろう。リンゴの皮を剝いたり、おやつも自分で作ったりしたのだと言う。

それは自分の知らないことだった。歩美は知っているだろうか。

「俺、ばあちゃんに料理を教えてもらいたいんだけど」と、息吹が言った。

「ほんならここにおる間だけでも教えたげよ。賢い子やからすぐに覚えるじゃろ」

食卓が整った頃、縁側の向こうから車の音が聞こえてきた。

門を潜り抜けてこちらに向かってきたと思ったら、縁石か何かにドンとぶつかる音がした。

「何だよ、今の音。大丈夫かよ。親父は何歳まで運転する気なんだ？」

「しょっちゅうぶつかっとるけど、うちの敷地内のことやから他人様には迷惑かけんし、どうっちゅうことない」

母はそう言うが、いつも敷地内とは限らないではないか。そのうち、人身事故を起こすのではないか、そう思ったら気が気ではなかった。

父が居間に入ってきた。

「親父、運転して大丈夫なのか？」

そう聞いた途端、それまで柔らかだった父の表情が一変した。

「いちいちうるさいのう。車なくしてどうやって生活していけっちゅうんじゃ」

遠慮なく不機嫌な顔を晒すのが父だった。

不穏な空気になり、それ以上言えなくなった。

その雰囲気を破るように、息吹が「いただきますっ」と、潑剌とした声を出した。

東京の自宅で見るのとは別人のようだ。目が生き生きとして、何より表情が豊かだ。

「そういや雅志、ちょっくら洋二を見舞ってくれんかの？」と、母が言った。

洋二というのは母の弟で、癌の治療で入院している。

「うん、いいよ。食べ終わったら行ってくる」

洋二叔父の術後は、あまり思わしくないらしい。

同級生の親たちも毎年誰かしら死んでいくことを考えると、今のところ両親ともに元気でいてくれることが有難かった。まだ自分には、こうして帰ってこられる場所がある。

　だけど……未来永劫ずっと元気でいてくれるわけがない。

「ねえ、母さん、洋二叔父さんが入院してからずっと、叔母さんは独り暮らしだよね。叔母さんは膝を悪くしてたんじゃなかったっけ。買い物なんかはどうしてるの？」

「あん人は電動三輪車を買いんさったんよ。前も後ろもカゴがついとって便利じゃわ。私もあれを買ってみようかと思うとる」

「いかん、あれは危ない」と、すかさず父が言った。「近所をぐるぐる回る程度ならええかもしれんけど、県道や国道に出たら危のうて見ておれん。ちんたらちんたらと冗談みたいにスピードが遅うて、後ろを走るトラックの運転手が苛々しとる。それに、トラックの運転席からは、小さな電動三輪車なんぞ見えんこともあると思うぞ」

　だが、町に出るには県道を通る以外に道はない。今まであまり意識したこともなかったが、田舎には道路が少ないのだった。

「もしも親父が車の運転をやめたら、生活はどうなる？」

「買い物に行けんようになって飢え死にじゃ」と父が即答した。

「だったら生協に加入したら？」

「こんな所まで配達には来てくれん」と母が言う。

「そうか、ダメか……」

「通販を利用するのはどう?」と息吹が言う。

「息吹、そんなのはパソコンかスマホがないと無理だろ。ファックスもないし」

「父さんが代わりに注文してあげなよ。週一くらいで欲しいものを電話で聞いて」

「なるほど、そういう手もあるな。息吹、なかなかいいこと言うな」

軽く言ったつもりなのだが、息吹は弾（はじ）けるような笑顔を見せた。

「それくらいのことで、そんな嬉しそうな顔しおって」

なぜか母が眉根（まゆね）を寄せて睨（にら）んできた。何が言いたいのだろうと、母を見返したとき、

「普段からちっとも褒めてやっとらん証拠だわ」と吐き捨てるように言った。

……そうかもしれない。

ちらりと息吹を見たが、何事もなかったように炒飯（チャーハン）を口に運んでいる。

「ところで雅志、帰りの新幹線は取れたんか?」と、母が尋ねた。

「取れたよ。明日は朝早くに家を出る」

そう言ったとき、息吹の箸がピタッと止まったのが視界の隅に入った。

「雅志も相変わらず忙しいんじゃのう。もっとゆっくりしてったらええのに」

母が寂しそうに言う。

「最近の芝山（しばやま）電機はどうじゃ、儲（もう）かっとるのか?」

「今のところはなんとかね。でも、中国製に負けるのも時間の問題かもしれない」

「雅志は勤続三十年になるのう。よう頑張っとるね」

母が感心したようにそう言ったとき、息吹が箸を置いて、顔を上げた。

「俺はそんなに早く帰らないよ。まだここにいる」

驚いて息吹を見ると、目を合わせないようにしているのか、真っすぐ前を向いたままだ。

「ばあちゃん、俺がここに長くいたら迷惑？」

「まさかまさか。なんぼでもおってもらって構わんよ。年寄りの二人暮らしやから、賑やかになって嬉しいくらいやわ。なあ、おじいさん」

そう言って、父に同意を求めた。

「さあて、それはどうかな」と父は意外なことを言った。

「ほんだって、ばあさんは、雅志たちが帰っていったあと、いっつも熱を出すじゃろ。子や孫に気い遣って草臥れ果てるくせに」

「そうだったの？　知らなかったよ」

驚いて母を見た。

「うちのばあさんときたら、雅志たちがここに帰ってくると聞きゃあ、何日も前から掃除したり献立を考えたりして張りきっとるからの」

「ばあちゃん、俺、絶対に迷惑かけない。ご飯も自分でなんとかする。俺なんかはカップラーメンで十分なんだし」

　思わず息吹の横顔を見つめた。切羽詰まったような表情に見えた。

「そういや、久しぶりにラーメンが食べたいのう」

　父が能天気なことを言い出した。

「今年になってからまだいっぺんも食べとらん」

「お父さん、何を言うとんさる。インスタントなら先週も食べましたがな」

「息吹、父さんと一緒に帰ろう。新幹線の切符も取ってあるんだし、塾の夏期講習も始まってるんだから。帰らなかったら母さんに叱られるぞ」

　言った傍から口の中が苦くなった気がした。また歩美を引き合いに出してしまった。

　——母親に叱られるからなんだって言うのだ。そうじゃないだろ、父親としてのお前の意見はどうなんだ。

　心の中で、もう一人の自分に非難された気がした。

「俺は帰らない」

　きっぱり言いきるが、相変わらず目を合わせようとしない。

　考えてみれば、息吹は親に反抗したことがほとんどなかった。それは、素直だとかマザコンだとかいうのとは真逆だ。あまりに両親が忙しそうだから、迷惑をかけないよう、邪魔にならないよう、常に顔色を窺って生きてきた。そのことに十分すぎるくらい気づいていながらも、手間のかからない息子でいてくれることが便利で、黙って見過ごしてきた。

「俺、バイクの免許を取ろうかな。そしたらここでも少しは役立つかも」

そう言って、息吹は鰹節がたくさんかかったほうれん草を口に運んだ。

「何を言ってんだよ。バイクなんてダメに決まってるだろ」

つい声を荒らげてしまった。母親がいないのをいいことに図に乗っている。

息吹は傷ついたような横顔を見せて俯いた。

シンとして気まずい空気が流れたとき、父がまたしてものんびりした声を出した。

「なんでダメなんじゃ？ 単車に乗れたら、そりゃ便利だわ。自転車とは全然違うぞ」

そう言って父が不思議そうにこちらを見て、尚も続けた。「車の免許は十八歳からしか取れんのだから、単車の免許くらいないと田舎では不便だわ」

そう言われてしまうと、自分の方が間違っているような気がしてくる。

バイクの運転イコール不良だとか暴走族などという短絡的な思考は、考えてみればおかしなことだ。自分だって十六歳で原付の免許を取った。家の用事を手伝う真面目な田舎の高校生にとって、原付の免許は必需品だった。それに、バス便のない地域に住む高校生に、学校はバイク通学を許可していた。地味な原付ばかりで、誰一人としてカッコいいバイクに乗ってくる生徒はいなかった。たぶん教師の意図するところをわきまえていたのではなく、そんな贅沢をする金などなかったのだろう。

「父さん、バイクの免許くらい取ってもいいだろ？」

「いや、それは……」

即座にダメだと言えなくなっていた。

帰省してから、自分が変になっている。

これまでの自分の考え方が、根こそぎ間違っている気がして仕方がなかった。


午後になり、県道まで出て待っていると、博之が車で迎えにきてくれた。

最近オープンしたという、博之お勧めの喫茶店も県道沿いにあった。

「雅志、久しぶりだの。元気でやっとったんか？」

「うん、まあ、何とか」

そう言いながら向かいのソファに腰を下ろすと、博之はこちらの希望も聞かずに、

「コーヒー二つ」と大声で注文した。

訂正する間もなく、店員は厨房に向かって注文を繰り返し、さっさと奥に引っ込んでしまった。

「勝手に注文するなよ」と小声で言った。

「なんでじゃ」と、博之が不思議そうに見る。「あっ、すまん。アイスコーヒーの方

がよかったか？　ほんでも外は暑うても、この店は冷房がきついからの」

「そうじゃないよ。俺は紅茶の方がよかった」

「紅茶？　それ、本気で言うとるんか？」

博之の言う意味がわからなかった。

「喫茶店で紅茶を注文する男なんて、わいはいっぺんも見たことないぞ。お前は女みたいなヤツじゃのう」

冗談かと思ったら、本気で呆れたような顔してこちらを見ている。

紅茶はコーヒーとは違って男らしくないということらしい。いったいいつの時代の話なのだ。博之の考えの古さは、同い歳とは思えなかった。

博之の顔を見ながら、自分はもう田舎には馴染めない気がしてきた。

「ほんで、お前はいつまでこっちにおるんだ？」

「明日の朝帰る予定」

「相変わらずバタバタしとるのう。たまにはゆっくりしていったらええのに」

「定年後にはのんびりしようと思ってる」

そう答えると、博之は「定年後なんて」と言い、アハハと声を出して笑った。特におかしいことを言ったわけでもないのに、どうしてそんなにわざとらしく笑うのだろう。そう思って博之を見ると、明るい声とは違い、厳しい顔をしていた。

「雅志、お前、知っとるか？　今年の初めに青井が癌で死んだの」

「えっ、青井ってあの、バスケ部だった青井？」

小柄で、運動神経が抜群だった。常にキビキビとしていて、ククッと独特の声で笑う姿が頭の中に蘇った。

「アイツ、死んだのか」

ショックで声が掠れた。

「そうや。誰よりも元気いっぱいやったのに死んでもうた。アイツだけやないぞ。一学年上の人らは、もう十人以上も病気や事故で死んどるし、後輩でも死んだのが結構おる。わいらは、もうそういう歳になったんだわ」

「……そうか、俺たちもう五十四歳だもんな」

「つまり、お前が楽しみにしとる定年後っちゅうのが、青井にはなかった」

「なるほど」

「勤めとる人間は、みんな定年後にあれをやろう、これをやりたいゆうて楽しみにしとる。青井に直接聞いたわけやないけど、ほんでもアイツのことやから、何やかんやおもろいこと見つけて新しいことに挑戦しようとしとった可能性が高い」

「そうだね。アイツのことだからな」

「わいら二人は、今も昔も真面目すぎるぞ」

博之の言わんとすることがわからなかった。

「わいはごっついショックやった。名前と顔が一致せんような先輩や後輩が死んだと聞いたときとは違って、青井のことは子供の頃からよう知っとっただけに」

「その気持ち、わかるよ」

「もしも六十歳で死ぬって予めわかっとったら、お前、明日からどうする？」

「いきなりどうするって言われてもな」

「青井が死んで考えたんじゃ。もしもわいが向こう見ずで、今さえ楽しけりゃええっちゅうタイプの人間やったとしたら、今頃どんな人生を送っとったんやろうって」

そう言うと、博之はグラスの水をごくりと飲んだ。

「雅志、お前は真面目やし、いっつも一生懸命すぎる」

「お前だってそうだろが」

そう言うと、博之は苦笑した。

「わいは今までずっと将来のためと考えて、やりたいことを我慢して生きてきた」

それはまさに、今朝起きたときにプラモデルを見て考えたことだった。

やりたいこともできずにひたすら忍耐する期間は、受験勉強に始まり定年退職で終わりを告げる。そして、残りの人生は短く、体力も気力も落ちている。そんなことは誰しもわかっているが、生きていくためには仕方がないことだ。

それどころか、定年退職後も嘱託として会社に残り、少なくとも五年は働かなくてはならないだろう。更に年金が減るという噂もあるから、その後も身体が動く限りは働き続けるかもしれない。

「わいらは子供の頃から、周りの大人に将来のためと言われて色々我慢したもんやけど、五十代になった今でも未だに将来のために我慢しとると思わんか。いったい将来っていつなんじゃ」

そう言うと、博之はふうっと息を吐きだした。

「将来っちゅうのは結局は定年後のことやったんか。わいらは定年後に思いきり好きなことするために、子供んときから我慢に我慢を重ねて生きてきたんか？」

「仕方ないよ。ある日突然、妻子を捨てて好き勝手に放浪の旅に出るわけにもいかないんだし」

「そうやわなあ。家族がおるもんなあ。独身で子供もおらんかったらええけど」

「それも違うだろ。独身でも食うためには働かなきゃなんないよ」

そう答えながらも、博之と自分とでは、既婚者と独身者の差よりももっと大きな違いがあるのだと、本当は言いたかった。

博之が勤める農機具店は夕方六時に閉まるから、滅多に残業することはないと言っていたはずで、自宅から車でたった五分の距離だ。博之の妻は保育士として働いていているし、家には元気な両親がいて家事を受け持ってくれている。

　そのときコーヒーが運ばれてきた。赤や金の鮮やかな絵付けの有田焼のカップだった。都会のチェーン店とは違う趣があり、それだけで格別に薫り高いような気がしてくるから不思議だ。冷房が強すぎたから、熱いコーヒーが美味しかった。

　博之はコーヒーに砂糖を二杯も入れた。博之の基準を察するに、それは男らしくない行為ではないかと思ったが、口には出さずにおいた。

「雅志、そのミルク、要らんのか？」

　博之が銀色の小さなミルクピッチャーを指さした。

「うん、俺はブラック」

　そう答えると、博之は「ほんならわいがもらうわ」と言い、カップにミルクを二つとも入れ、スプーンでかき混ぜてから美味しそうに一口飲んだ。

「うん、やっぱりこの店のコーヒーは甘うてうまい」

　博之は満足そうにそう言った。

「うちの親に聞いたんだけどさ、博之んとこの親父さん、事故起こしたんだって？」

「そうなんじゃ。運転はもうやめた方がええって何回も親父に言うとったんやが、それでも強情張って運転しよる。だからああいうことになるんやわ」

　博之の話によると、ブレーキとアクセルを踏み間違えて田んぼに突っ込んだのだという。ケガ人も出なかったし、田んぼの持ち主も苦笑いで許してくれたというが、車を引き揚げるのにクレーン車を呼んで何万円か取られたらしい。

「今回は笑い話で済んだからええようなもんの」

そう言いながら、博之はグラスの水を一口飲んだ。

「うちの隣の磯崎さんのばあさんなあ、八十七歳にもなるのに今も一人暮らしなんだわ。だもんで、うちの親父が親切のつもりで病院に連れてってあげたんだ。田んぼに突っ込んだんは、その帰りのことじゃ。今回は二人とも無傷でよかったもんの、親父がこれからも運転を続けるのは本当に心配でたまらん」

「実は俺も親父が心配で、運転をやめるように言ってはいるんだけど」

病院がある町までは約三キロある。車なら片道数分で行けるが、バスだと待ち時間を含めると、ゆうに往復一時間はかかる。

県道脇に木造のバス待合所がぽつんと立っていて、その中で老人が所在なげにベンチに座っているのを何度か目にしたことがあった。バスの本数が少なくなり、病院行きのバスは午前八時の便を逃すと、次は正午過ぎまで来ないから、みんな用心して三十分以上も早めに行って待っている。

博之の家の隣家のおばあさんは、六十五年間連れ添った夫を肺癌で亡くしたという。それまでは、通院も買い物も夫が運転する軽自動車を頼りにしてきた。収入は年金だけしかなく、それも月三万円ほどだ。タクシーを利用すれば破産してしまう。

博之の話によると、磯崎さんの息子と娘は都市部に住んでいる。以前から同居を誘われていたが、今さら都会生活などできないし、生まれ育った土地を離れるなんて考えられないと言って磯崎さんは断り続けていた。足腰が弱り、祭りなどには参加できなくなっていたが、神社で配られたお菓子やお餅を誰かしらが自宅まで持ってきてくれる。そういった昔ながらの支え合いのある集落で死ぬまで暮らすのが希望だった。だが、今回の事故をきっかけに、都市部に住む娘夫婦の家に引っ越すことにしたのだという。

「博之の親父さんは、田んぼに車ごと突っ込んだのに、それでもまだ運転を続けるって言ってんのか？」

「そうなんじゃ。頑固でたまらんわ」

「親父さんが運転をやめても支障はないだろ。買い物や病院なんかは、お前が送り迎えしてやればいいんだし、確か奥さんも軽自動車を持ってたよな」

そう言うと、博之は顔の前で手を左右に振って見せた。「違う、違う。そういう単純な問題やないんだわ」

「じゃあどういう問題なんだよ」

そう尋ねると、博之はゆっくりとコーヒーを飲んだ。どう説明すればいいかを考えているように見えた。

「何て言えばええのか……要はプライドってヤツだ」

「プライド？」

「そうじゃ。ほんに人間とは面倒くさい生きもんだわ。うちの親父ときたら、もみじマークさえつけてくれん。なんせ、カッコ悪いことが昔から大嫌いやからの」

そう言われてみれば、もみじマークをつけた車を見かけなくなった。

「あれ？　初心者マークも見かけなくなった気がするけど」

「みんなカッコつけとるんだわ。あのマークをつけとったら、周りの車が気い遣って車間距離を空けてやったりするのに」

「そうかなあ。みんながみんな博之みたいに優しいわけじゃないだろ。幅寄せや割り込みして煽るヤツもいるんじゃないか？」

「なるほど、そうかもしれん。ああ、ほんに嫌な世の中になったのう」

そう言うと、博之は溜め息をついて窓の外に目をやった。

「プライドが邪魔してもみじマークをつけられない気持ちは、わからないでもないよ。でも、それと免許返納と何の関係があるんだ？」

「雅志、お前は最初に買った車種を覚えとるか？」

いきなり話が変わったのだろうか。

「車種ならもちろん覚えてるよ。その次に買ったのも、そのまた次も」

「それは思い入れが深いからや。今までに買ったもんで、メーカーや種類まできちんと覚えとるもんが他にあるか？　ないやろ？　どんな車に乗って、どれだけ走ってきたか、友だちや彼女を乗せて駆け回った青春時代やバリバリ働いた現役時代の家族旅行……車には思い出がいっぱい詰まっとる。つまりや、わいらの誇りにつながっとるんだわ」

「誇り？　それは大げさだよ」

「確かに大げさかもしれん」

博之は素直に認めて笑ってから続けた。「でも、わいらと親父らの時代は違う。わいらが子供ん頃は、家族の中で車の免許を持っとるのは親父だけやった」

「うん、俺の家もそうだ」

「つまり、運転ができるっていうだけのことで、父親の存在意義は大きかった」

「なるほど、そうかもな」

東京のように地下鉄が網の目のようにあり、タクシーもすぐにつかまるというような便利な暮らしとは違う。交通機関のない田舎だと、運転できる人間は重宝される。最近は少しずつ変わってきたが、あの時代、軽自動車や中古自動車に乗っている父親は田舎では滅多にいなかった。新車を買うことがステータスでもあったのだ。軽自動車は、二台目の車として、妻用に買うのが一般的だった。

「あの頃、わいらの母ちゃんの中で免許を持っとるのは少なかった。それもあって、運転できるんは男らしさの象徴みたいな部分もあったんやないかなあ。そう考えると、免許を返納するっちゅうのは、きっとごっつい寂しいことなんやわ。尊厳を傷つけるといってもええくらいに」

うちの親父もそうなのだろうか。車の便利さだけでなく、プライドを捨てることができないということか。

「雅志、いっそのこと、東京の会社をやめてこっちに帰ってきたらどうだ？」

「ずいぶん話が飛躍するんだな。そんなの無理だよ」

「ほんだって、いつまでも年寄りを二人だけにしておくわけにはいかんやろ」

「それは……そうなんだけど」

痛い所を突かれ、一気に気分が沈んだ。

「今はまだええかもしれんけど、八十歳を過ぎたら背中も丸うなるし腰も曲がってくる。認知症になるかもしれんし、足腰が立たんようになるかもしれん」

「それはそうかもしれないけど」

「それにのう、歩行中の年寄りを高齢ドライバーが撥ねるっちゅう『老々事故』も最近は増えとるらしいぞ」

「知ってる」

「雅志、心配なんは運転だけやないぞ。人工透析が必要になったり、脳梗塞やらになったらどうするつもりなんじゃ？」

「……うん、わかってはいるんだけどね」

「わいらは一人っ子なんやぞ」

博之とは一人っ子同士だから、話が合うことも多かった。互いに親に対する責任を一身に背負っているというプレッシャーから逃れられないできた。

「博之の言いたいことはわかるけど、だけどどう考えたってこっちに帰ってくるのは不可能だよ。マンションのローンも残ってるし、子供の学校のことだってある」

「雅志の奥さんはキャリアウーマンなんやろ？　東京のことは東京生まれの奥さんに任せといて、お前だけこっちに帰ってくればええじゃないか」

「えっ？　離婚しろって言ってる？」

びっくりしてコーヒーカップをソーサーに乱暴に置いてしまったので、ガチャンと大きな音が響いた。

「違うがな。雅志の頭は古いのう。最近は卒婚っていうんだわ。要は別居ってことだ。そうでもせん限り、田舎の親の面倒なんて見れんだろ」

博之が卒婚などという言葉を知っているとは思わなかった。喫茶店で紅茶を注文するのが男らしくないというほど昭和の古臭い頭の持ち主が、卒婚とは。

「わいも若いときには、この町がここまで過疎になるとは想像もせんかったよ。それが、あれよという間に店も病院もバス便も少のうなった」

「だよね。俺も予想したこともなかったよ」

「それに、昔は兄ちゃん、姉ちゃんて呼んで頼りにしとった年の離れた従兄姉らも、みんな今では年イってしもうて、もう頼れんようになった」

「俺の方の従兄弟も同じだよ」

「ほんやから雅志、お前こっちに帰って来いよ。そしたらわいは毎日お前と卓球ができる。そうなったらごっつい嬉しい」

そう言って、博之はハハッと笑った。

「どう考えても無理。こっちで仕事が見つかると思えないし」

「アルバイトでも何でもすりゃあええ。田舎は金なんかなくても暮らしていける」

「そんなの博之の家だけだよ」

博之は親と同居していて、畑も田んぼもあって、家族が食べる分は家で作っている。博之は安月給だと自嘲気味に言うものの、農機具店には正社員として勤めているし、奥さんは公立保育園の保育士だ。そのうえ一人息子は既に三十歳近い。国立高専を出たあと大阪の有名メーカーに就職し、心配ないどころか頼りになる存在になっている。

それに比べてこっちは何千万円という住宅ローンを組んでマンションを買ったというのに、月々の返済以外に共益費や修繕積立金で毎月三万円も飛んでいく。息吹の高校は私立だし、歩美は浪費家というのではないが、洋服の流行には人並みに敏感で買い物好きだ。

「だったら博之に聞くけど」

「おう、何じゃ、何でも聞いてくれ」

「仮に俺がこっちに一人で帰ってくるとする。だけど俺もそのうち老人になる。そのときは今よりもっと過疎化して病院や店が一軒もなくなって、それどころか周りに人家もなくなっているかもしれない。そのときはどうやって暮らせばいいんだ？　まさか息子を東京から呼び寄せろって言うのか？　俺はまだいい。ここで生まれ育ったんだからな。だけど、息吹は東京で生まれ育ったんだぜ」

「その点なら大丈夫だ」

予想に反し、博之はいとも簡単に言い放った。

「よう聞けよ。わいらがジジィになるのは二十年後だ。そのときには自動運転の車が普及しとるはずじゃわ。改良を重ねて安全性も保証されて、ぐんと安う手に入るようになっとる。自動運転のバスも走っとるかもしれん」

「それは、そうかもしれないけど」

ドラえもんの世界が、どんどん実現されているのは本当に驚くばかりだった。どこの県だったか、実験的に自動運転のバスを走らせている町をニュースで見たことがある。それを思えば、それほど将来を悲観することはないのかもしれない。

「雅志は知らんやろうけど、最近は農機具だって自動運転の機種が製造されとるんやぞ。そのうち手が届く価格になったら、わいも買おうと決めとる」

農機具店に勤めているだけあって詳しかった。トラクターや田植え機の普及で、農作業がぐっと楽になったというのは、とうの昔の話だそうだ。今は、タイマーをセットしておけば、勝手に田植えも稲刈りも自動でやってくれ、その場に人間がいる必要さえない。だが、タブレット端末から操作できるトラクターは、今はまだ手の届かない価格らしいが。

「そういうの、スマート農業っちゅうんじゃ。日本の農業も大きゅう変わるはずじゃ。人口が減少して農業をやるヤツがどんどん少のうなっても、自動運転のお陰で食料自給率がアップする。わいはそう睨んどる」

技術革新は加速度を増していて、未来は予測がつかなくなった。

ニュースでは悲観的な予想ばかりを耳にするが、本当は今より良くなることもたくさんあるのだろう。

だが、いま自分の目の前には、年老いた両親の問題がある。一人っ子だから面倒を見なくてはならないとは思うが、定年退職後ならまだしも、いますぐ田舎に戻ってくるのは、どう考えても難しい。

いったい、どうすればいいのか。

喫茶店を出ると、洋二叔父の入院している公立病院へ向かった。

博之が車で送ってくれるというので、その言葉に甘えることにした。というより甘えざるを得なかった。喫茶店などの飲食店や電器屋などは、町から離れた県道沿いにあるうえにバス便はない。そして公立病院にしても、子供の頃は町の真ん中の便利な場所にあったのに、今では駅から遠く離れた田んぼの中に突如として現れる。歩美が提案したコンパクトシティとは真逆の方向へ進んでいる。今更だが、田舎では車がないとどうしようもないことを、改めて思い知らされていた。

病院内のエレベーターを降りて、しばらくその場に立ち止まった。

叔父の病室に向かう前に、深呼吸をしておきたかった。容体が思わしくなく、おそらく長くはないだろうと母から聞いていたので、どんな顔をして会えばいいのかわからなかった。暗い顔はダメだと思えば思うほど、わざとらしいほどの明るい笑顔になってしまいそうだった。

廊下を進むと緊張感が増してきた。

どんな挨拶をするのがいちばんいいのだろうか。

「あ」

いきなり洋二叔父と目が合った。

病室のドアが開け放してあり、ベッドの中から、こちらを見ていたのだ。

まさに不意打ちだった。

自然で明るい表情を作るために、気持ちを奮い立たせようとしていたところだったのに、間に合わなかった。

「叔父さん、あの、お久しぶり、です」

鏡を見ずとも、自分の笑顔がぎこちないことがわかった。だが叔父は、屈託のない笑顔で迎えてくれた。

「雅志、来てくれたんか。忙しいのにありがとう」

勧められるままに、ベッド脇のパイプ椅子に腰を下ろした。

「なんや覇気がないのう。わしより雅志の方が病人みたいじゃぞ。きっとサラリーマン人生がつまらんのじゃろ」

いきなりの先制攻撃だった。

「わしも商売始めるまでは人生がつまらんでつまらんで死にそうじゃった。田舎の勤め人は給料がほんに安いしのう」

この叔父は、親戚の中でダントツ羽振りが良かった。時代も良かったのだろうが、叔父が始める商売は次々に成功していった。小さな縫製工場から始めたのだが、高度成長期の波に乗って順調に業績が伸びた。だがそのうち安価な韓国製が出回るようになると、さっさと縫製工場を閉じ、今度はファミリー食堂の経営を始めて、それもうまくいった。だが、大手チェーン店の出現でそれも儲からなくなってくると、すぐに塾経営に切り替えた。そして少子化の波が押し寄せると、大阪を拠点に展開する大手塾に惜しげもなく売却した。

叔父は常に目先が利いて決断が速く、うまく乗りきって資産を増やしていき、老後は悠々自適だった。

この叔父のことを子供の頃から大好きだったのは、会うたびに小遣いをくれるからだけではなかった。いつも楽しそうにしていて、惹きつけられる何かがあった。

——大人のくせに、いつも子供みたいな笑い方をする人。

それが当時の叔父に対する印象だった。親戚や近所の大人を見渡してみても、心底楽しそうに生きているのは叔父だけだった。

「雅志も商売を始めたらどないだ。商売は楽しいぞ。誰に指図されることもないし、自分の裁量でやれる。雅志は頭がええから、きっとうまくやれるとわしは思う」

「そうかな。そんなにうまくいくとは思えないけど」

「大丈夫じゃ。ほんでも、商売の基本として、簿記だけは勉強しといた方がええぞ」

「……うん、考えてみる」

子供の頃から、叔父のように商売で成功したいと思っていたはずだった。それなのに、いつの間にかすっかり忘れてしまっていた。

無理もない。

大学卒業後に、就職せずに商売を始める同級生などひとりもいなかった。教授に書いてもらった推薦文を持って大手企業を訪問し、内定をもらうことに一生懸命だった。

「こうなってみると、人生はあっという間じゃった。でもわしに後悔はないぞ。思う存分やりたいことをやってきた」

「やっぱり叔父さんはすごいよ」

「八十歳近くになった今、振り返ってみると、五十代がいかに若かったかがわかる。わしみたいな病人になってから後悔しても遅いぞ。お前も後悔のない人生を歩めよ」

そう言って、優しく微笑んだ。

4

東京に帰ってきて、いつの間にか自宅のソファでウトウトしていた。

玄関ドアが開く音と同時に、歩美のだるそうな声が聞こえてきた。

「ただいまあ」

「あら、寝てたの？　お義父さんとお義母さんはお変わりなかった？」

そう尋ねながら、歩美は忙しなくリビングを見回している。

「息吹はどこ？　玄関に靴がなかったようだけど」

「……うん」

「もしかして、あの子、帰ってきて早々に塾に行ったの？」

「息吹はもう少し田舎にいるってさ」

そう言った途端、歩美の顔つきが一変した。「塾はどうするのよ」

「なあ歩美」

そう話しかけながら、身体を起こしてソファに座り直した。

「歩美は、息吹が将来どうなることを望んでる？」

そう尋ねると、歩美は返事もせずに、自分と直角の位置にあるソファに座った。

「あなたの言いたいことは、私もわかるつもりよ」

歩美はバッグの中からペットボトルを取り出し、ミネラルウォーターをごくんと飲んだ。「つまり雅志は、田舎ののんびりした生活が人間らしくて素晴らしいって言いたいのよね」

そう言って、こちらを見る。

「朝から晩まで勉強、勉強って子供を追い立てる生活は果たしてどうなんだって、そう言いたいんでしょう」

「まあ、そんなところ」

「あのね、私だって今の生活が嫌になることもあるし、自然の豊かなところでゆったりと生活したいと思うことなんてしょっちゅうよ。でもね、そんな気持ちはすぐに冷める。やっぱり現実からは逃れられないっていう当たり前のことに気づくから。だって、どう転んでも現金収入がなかったら食べていけないでしょう」

正論だった。

返事ができずに黙っていると、更に歩美は言った。「親の一時の感傷で、子供の将来をダメにするんじゃないかと心配なのよ」

反論できなかった。歩美の言うことは真っ当で現実をわきまえている。

「君の言う通りだよ。でも」

別の道を模索する可能性が万に一つも残されていないとまでは思えないのだ。

「息吹は受験勉強から逃げてるんじゃないかしら。誰だって勉強しないで大自然の中で遊ぶ方が楽しいわよ」

「そのことは俺も真っ先に考えたよ」

「だったらなんで一緒に帰ってこないのよ」

「向こうでの息吹は、水を得た魚のように溌剌としてるんだ」

そう言うと、歩美は大きな溜め息をついた。

「さっき言ったように、受験勉強よりそっちの方が楽しいからでしょ」

「それだけのこととは思えなかったんだけどな」

「ほかに何があるの？」

「俺にもよくわからない。だけど高校に入ってから息吹はずっと暗い顔してたから、向こうに行って無邪気にはしゃいでるのを見て、俺すごく安心したんだよ」

「あっそう」

歩美が冷ややかな目で見た。

「息吹は単に勉強から逃れて怠けたいだけじゃないように思えてさ」

そう言ってはみるものの、自信はなかった。子供の考えていることなど全くわからなかった。たぶん息吹自身もわかっていないのだと思う。

「あいつ、田舎にいる間に自分に合っている何かを見つけるんじゃないかな」

「やりたいことなんて、そう簡単には見つからないわよ。一生見つからない人の方が多いんじゃない？　憧れる職業っていうのは、たいがいは狭き門で、その職業に就ける人はわずかでしょ」

またもや反論の余地はなく、黙るしかなかった。

「でも心配はご無用よ。息吹は田舎暮らしにはすぐに飽きるはずよ。田舎で育ったあなたにこんなこと言って悪いけど、都会で生まれ育った人間にとって、田舎は三日間くらいなら楽しいけど、それ以上になると退屈すぎて嫌になるの。都心のカフェが妙に恋しくなったり、賑やかな街を歩きたくなる」

「そうかもしれないね」

田舎で育った自分だって、実家に数日間いただけで、都会の喧騒が恋しくなった。

「私も今の忙しすぎる暮らしを決していいとは思ってないわよ。でもね、生活のことを考えると、どうしようもないでしょ」

「そうだな。経済的なことを考えると今の暮らしが精いっぱいだよな」

でも——。

自分は時間の切り売りをして生きていると思うことがある。会社での仕事に、やりがいが全くないとまでは言わないが、できることならば、何か新しいことを始めたかった。

そんなことは、今までも何度となく考えてきたことだ。そのたびに、そんな自由は自分にはない、夫として父親として無責任なことはできないと、自分を戒めてきた。

だが、それは果たして本当だったろうか。

責任を果たすためといえば聞こえはいいが、本当は何も見つけられなかったのだ。後先考えずに飛び込んでしまうほどやりたいことが見つけられなかった。

こんな歳になってから、博之の口から出た卒婚という言葉や、死の床にいる叔父の「後悔はない」と言いきる面影(おもかげ)が胸に突き刺さり、忘れられなくなった。今まで心の奥にしまい込んで気づかないふりをしていた「やりがい」などという青臭い思いが、ここ数日でむくむく頭をもたげ、心を揺さぶるようになってしまった。

幸い歩美も働いている。それを考えれば、別居したとしてもなんとか食べていける気がしてくる。自分の都合のいい方へと考えが傾きそうになる。

歩美が新卒で就職したのは、創立間もないデザイン会社だった。古い体質でない分、自由に意見を言える空気があるという。女性の歩美が順調に出世できるくらいだから、きっと考え方も幾分かは新しいのだろう。それに比べて、自分の会社は部長職の女性など一人もいないし、未だに有休すら取りにくい。

歩美も会社では色々と苦労はあるだろうが、それでもデザインという自分のやりたい仕事に就いている。大変だと口では言いながらも辞めたい気持ちはなさそうだ。だったら歩美にはこのまま勤めを続けてもらい、自分は田舎に帰って商売を始めたい。そういうのは虫が良すぎるだろうか。

でも、息吹はどうなる？

自分と同じように公立高校から国立大学に進学してくれるのなら、金は何とかなる。だが、息吹は私立高校に通っている。年間の学費は百万円近い。住宅ローンもある。自分が早期退職して、退職金で住宅ローンの残りを一括で払えるとしたら？だとしても、まさか東京での生活を捨てて実家に帰るなんてことは……。そんなのは不可能だ。歩美が大反対するに決まっている。

——いったい私たちの関係って何だったの？

きっとそう言って、烈火のごとく怒るだろう。

となると、田舎の両親はどうなる？

どちらかが亡くなったあと、残された方は一人で生きていけるのだろうか。あんな不便な土地で、どうやって？

ああ、やっぱり雁字搦めだ。

5

母は買い物リストをファックスで送信してくるようになった。

息吹を田舎に残したまま帰京したとき、息吹はインターネットで格安のファックス電話機を購入し、使い方を母に説明したのだった。

――ファックスを使えるばあさんは、近所にもようけおるから負けてはおれん。

そう言って、母は張りきって覚えようと、きちんとメモを取ったという。

ご近所の同年代の仲間から後れを取っていたことがずっと悔しかったらしい。だが、使い方を教えるのに息吹は想像以上に四苦八苦した。機械類は苦手だとか、最近のことは難しくてわけがわからないといった先入観が邪魔をして、母は拒否反応を起こしてしまった。それでも、息吹が根気よく教えてくれたお陰で、今では日常を綴(つづ)ったような手紙もファックスで送られてくるほどになった。

父が運転しなくて済むよう、買い物は通販で済ませ、病院へはタクシーで行くよう言っておいた。タクシー代はこちらから振り込むと何度も言ったのだが、遠慮しているのか、まだ一度も言ってこない。

それなのに……。

――通販はもうやめる。

母が電話で言ってきたのは、通販を始めてまだ間もない頃だった。

――あれはあかん。野菜や果物も地元で買うのと比べたら新鮮やないし、だいたい高すぎるがな。段ボールの底の方のが腐っとったことも何回かあった。魚は冷凍もんばっかりで全然美味しゅうない。考えてみたら送料も馬鹿にならんからアホらしい。

世の中には、新鮮で極上の物を届けるサービスもあるが、そういうのは航空便で値が張るから庶民には使えない。そのうえ地元のスーパーで売っている魚が新鮮で美味しいとなったら……。

「そうか、通販は今いちだったか。そりゃ困ったな」

電話を耳に当てたまま立ち尽くしていた。

――ほんでも、日用品だけなら通販でもええかもしれん。うん、あれは助かる。

こちらの配慮を無にするようなことを言って申し訳ないと思ったのか、母はとってつけたようにそう言った。

洗剤やティッシュを一年分まとめて買ったとしても、置いておける場所ならいくらでもある。使っていない部屋もあるし納屋も空いている。だがそんな物は、わざわざ通販で買わなくても、自分が盆正月に帰省したときにまとめ買いすれば済むことだ。要は、日々の食材が問題なのだ。

――まだお父さんも元気やから、スーパーに買い物に連れてってもらうよ。

「もう運転しない方がいいよ」

――そうは言うても、お父さん、運転したいみたいでの。

「もしかして、今もまだ運転してるの？」

母は電話の向こうで黙ってしまった。

「なんだよ、だったら通販なんて意味なかったんじゃないかっ」

思わず声を荒らげていた。

――雅志、そうやないよ。車を運転できんのは不便なだけやない。なんや自由を奪われたような気がして息が詰まってしまうって言うとんさる。ほいでも、しばらくは雅志の言いつけ通り運転せんかったけど、そうしとるうちに何もかもやる気がのうなって、父さん暗くなっとった。

「そんなこと言ってたら、一生運転し続けなきゃなんないよ」

――雅志は、普段はスーパーには行かんのか？

「しょっちゅう行ってるよ。うちは共働きだからね」

――店で実際に物を見て選ぶんは楽しいと思わんか？　それがのうなって、私らますます家から出んようになった。そしたらすぐに筋力が弱っての、もうボケてしまいそうやわ。

食料を手に入れて腹を満たせばそれでいいという単純な話ではないらしい。

そんなことは、少し考えてみればわかりそうなものだ。たぶん自分は考えたくなかったのだ。親の気持ちを汲むよりも、自分の生活を守る方が先決だった。

一人っ子という重圧から逃れたくて、責任は一応果たしていますよと、自分を納得させるために、最も手軽な方法を選んだだけだったのかもしれない。

だったら、どうすればいい？

このままだと父は運転を続けてしまう。

自分がもう少し頻繁に帰省して、買い物に連れ出すしかないのか。週に一回は無理としても……だが、月に一回では少なすぎる。とはいえ、二週間に一回というのも、自分の体力を考えると厳しい。

電話を切ると、「通販、やめるの？」と歩美が聞いてきた。

「もうやめたらしい。心配だから、来週の土日に田舎に帰ってみるよ」

「えっ、また帰るの？」

歩美がそう言ったとき、背後のドアが開いて息吹が顔を出した。「俺も行く」

夫婦そろって息子の顔を見つめた。

「田舎の空気にかなり影響されたみたいね」

歩美はそう言って溜め息をついただけで、反対はしなかった。

それにしても、月に何回か帰省するとしたら、交通費が馬鹿にならない。両親は年金も少ないし、預金も多くないだろうから、援助してほしいとは言えない。それどころか、病院に行くタクシー代くらいはこちらが出すと言ったばかりだ。

昔の人間の感覚なら、五十歳を過ぎた息子が経済的に親の面倒を見るのは当然と考えていても不思議ではない。だが、こちらは住宅ローンもあるし、息吹の教育費もまだ先は長い。

東京と故郷を往復する生活は、あとどれくらい続くのだろう。

次の瞬間、ハッと息を呑(の)んでいた。

自分は今、金が尽きる恐怖に怯(おび)えながら、親の死にどきを計算していた。

悲しくてたまらなくなってきた。

親には元気で長生きしてもらいたいと思っているのに、現実はこうも厳しい。

気づけば、親のことだけでなく、自分たち夫婦もどういった老後を過ごすのかを考えなければならない年齢になっていた。

毎年誕生月に日本年金機構からハガキが送られてくる。五十歳を過ぎると、将来もらえる年金見込額が書かれているが、年々減っていくのも、自分たち夫婦の不安を煽(あお)っていた。

この調子だと、定年後はプラモデルを作りながらのんびり過ごすというのは夢で終わりそうだ。

両親のこと、息子のこと、自分たち夫婦の老後……考えれば考えるほど問題が山積みだ。

ああ……。

6

帰省することを博之にメールすると、駅まで迎えに来てくれるという。

息吹は風邪を引いて熱を出してしまい、行けなくなった。悔しそうにベッドの中から「いってらっしゃい」と吐き捨てるように言ったふくれっ面が可愛いのとおかしいのとで、思わず噴き出してしまった。

田舎に着いて改札を出ると、前方に博之の車が見えた。

「迎えに来てくれてほんと助かる。ありがとう」

助手席に乗り込み、ドアを閉め切らないうちに車は出発した。

「なんせバス便がなくてさ、あれ？　博之、どうした？　元気だったか？」

盆に帰省したときに会ったばかりだが、元気かどうかを尋ねてみたくなるほど、博之は沈んでいるように見えた。

「うん、まあ。一応は生きとるけどな」

覗(のぞ)き込んでみると、博之の顔はひどく浮腫(むく)んでいた。目がパッチリした顔立ちだけに、普段との差が歴然だった。

「メールくれて助かった。雅志に会いたいと思っとったとこやったもんで」

低い声でつぶやくように言う。何やら深刻そうだ。

つい半月ほど前に会ったばかりだった。どちらもおしゃべりを楽しむといった性格ではないから、帰省することをわざわざ連絡するのも迷惑かもしれないと思い、メールしようかどうか迷っていたくらいだった。

車は思っていたのとは反対方向へ進んでいく。前回行った県道沿いの喫茶店に入るものだと思っていたら、見渡す限り田んぼと山しかない場所で、博之は車を停めた。

「どうしたんだよ、この前の喫茶店に行くんじゃないのか？」

「すまん。知り合いに会いとうないんじゃ」

「どうして？」

「聞いてないのか？　うちの親父が事故を起こしたこと」

「聞いたよ。っていうか、お盆に帰省したときに話してくれたじゃないか。田んぼに突っ込んでクレーン車を呼んだんだろ？」

「いや、あの事故やない。その後じゃ」

「え？　博之の親父さん、また事故ったのか？」

「実は……」

博之の話によると、親父さんは国道のカーブを曲がり切れずにセンターラインから反対車線に飛び出してしまったらしい。そのとき反対車線には、家族連れの乗用車が走っていて、いきなり飛び出してきた親父さんのセダンを避けることができず、正面衝突してしまったという。

「博之の親父さん、大丈夫なのか？」

「こっちは奇跡的にかすり傷程度だった。車は両方とも全損だけどな」

「それで、相手側は？」

「助手席に乗ってた九十一歳の爺さんが足を骨折した。それも、運の悪いことに烏山組の創業者の爺さまやった」

烏山組といえば、地元では有名な土木工事業者だ。

「先週、町を歩いとったら、わいを見てハッと立ち止まったもんがおって、何やと思って見てみたら、あのとき運転しとった孫やった。孫ゆうても五十歳近い。そいつ、市会議員をやっとるとは思えんくらいガラが悪うて、つかつか歩み寄ってきたかと思ったら、駅前通りやのに大声で怒鳴りよった。骨折がきっかけで爺さんが寝たきりになったらどう責任を取ってくれるんじゃって」

「大変だったんだな」

「謝って済まされるもんやないとわかっとる。けど、どうしたらええかわからん」

博之は、何度も深くお辞儀をして謝罪を繰り返したが、向こうは「このままで済むと思うなよ」と捨て台詞を残して立ち去ったという。

「母ちゃんも恐がって外出せんようになった。婦人会の副会長も辞めたし、あんだけ社交的やったのに畑にも出んようになって、ずっと家の中におるのに家事もせんし、壁を見つめて溜め息ばっかりじゃ。不健康な生活を送っとる」

「博之の奥さんはどうしてる？」

「あいつは何とか頑張って職場に通っとるけど、保育園にも無言電話がかかってくるようになって、針の筵や言うとる」

「ひどいじゃないか。いくら博之のお父さんが起こした事故とはいっても、相手側もやりすぎだよ。保険会社から金は下りたんだろ」

「金だけでは解決できん。九十一歳でもまだまだ元気で、今年もハワイに行く予定があったみたいじゃ」

「……そうか」

「雅志、わいら一家がこの町を出ていくのを誰にも言わんでおいてもらえるか？」

「えっ、どういうこと？　この町を出ていくって、本気で言ってるのか？」

びっくりして博之の横顔を見つめたが、博之は前方を向いたままだ。

「もうこの町にはおられん。謝れば謝るほど相手の気持ちを逆撫でするだけじゃ」

「冗談だろ、博之、いくら何でもそこまでする必要ないよ」

「いや、そうせんならんのじゃ」

「どうしてそうなるんだよ。おかしいよ。博之は昨日の夜のニュースを見なかったのか？　八十二歳の爺さんがアクセルとブレーキを踏み間違えて、猛スピードでコンビニに突っ込んだ事故の」

「それなら知っとる」

「負傷者が大勢出ただろ。大きな声じゃ言えないけどさ、ああいうのに比べたら博之の親父さんの起こした事故なんてたいしたことないよ」

「田舎ではそうはいかん。噂が怖い。みんな体面を気にして生きとる所なんじゃ」

「それはそうかもしれないけど、引っ越したあとの畑や田んぼはどうするんだよ」

「買ってもええという奇特な人が現れたんじゃ。二束三文やけど、この機会を逃したら、もう誰も買ってくれんと思う」

「売るのか？　まさか、もう決めたのか？」

「もう売った」

絶句していた。

「雅志、当分の間は、誰にも言わんとってくれよ」

「ここを出て行って、いったいどこに行くんだよ」

「山ひとつ越えた向こう側の集落じゃ」

「京都府か？」

「そうじゃ」

「東京や大阪みたいな大都会ならまだしも、ここと同じような田舎に引っ越して地域に馴染むのって大変じゃないか。やっぱり考え直した方がいいと思う」

「いや、絶対にこの町にはおられんよ。相手が悪すぎた。それに親父は……」

そこで博之は、いきなり声を詰まらせた。「親父は認知症やったんや。まだ初期やけど」

「えっ？」

認知症外来に通っていたことが、もっぱら町の噂になっているという。認知症だとわかっていたのに運転を許していた家族に対する目も厳しいらしい。

「大倉医院の奥さんが外来の受付をしとるん、知っとるか？　あの奥さんは守秘義務っちゅう言葉も知らんらしゅうて、あちこちで患者の病状を平気でべらべら話すんは昔から有名なんじゃけど、そのせいで、今や町中がうちの親父の認知症の噂で持ちきりだわ」

「うちの親も確か大倉医院に通ってるよ。まずいな」

そう言うと、博之は微かに冷笑を浮かべた。

「雅志、今お前、自分の親だけは他の病院に行かせようと思っただろ」

図星だっただけに、咄嗟に返事ができなかった。大変な目に遭っている博之を目の前にして、自分の親のことを考えていたなんて言えない。

「言っとくけど、近くにほかに病院なんかないからな。公立病院は遠いし、待ち時間が長すぎて、待っとる間に具合が悪うなる」

そう言った博之の横顔が寂しげだった。自分たちが子供の頃には個人病院がたくさんあったのに、いつの間にかなくなっている。

「うちの親父、運転免許の更新が来月やった。そしたら免許取り消しになってたはずで、こんなことにならんかったのに」

博之によると、ゴールド免許証の更新は五年に一回だが、七十一歳になると四年に一回となり、七十二歳以上は三年に一回になるという。そんなことも自分は知らなかった。

「だけど、免許取り消しって、どうして？」

「知らんのか？　七十五歳以上は認知機能検査を受けんとならんのじゃ。そこで記憶力や判断力が低うなっとると判断されたら、専門医の診断を受けんといけん。ほんで認知症じゃと診断されたら、運転免許が取り消される」

「知らなかったよ」

「車は走る凶器じゃわ」

そう言って、博之は深い溜め息をついた。

「うちの親父は六十年以上も無事故無違反やったんやぞ。それやのに、人生終盤になってこんなことになろうとはな。なんでもっと早う運転やめんかったんかなあ」

これは決して他人事ではない。たまたま爺さんの骨折だけで済んだものの、コンマ一秒ズレていたら、それともぶつかる角度がほんの何度かズレていたら、そして後部座席に誰か乗っていたら、博之の親父じゃなくて自分の親父だったら……想像しただけで、心臓の鼓動が速くなった。

「そろそろ行こか。雅志もとんぼ返りで時間がないんやろ」

博之はエンジンをかけた。

7

博之に実家まで送り届けてもらった。

博之は車から降りず、うちの親に挨拶をすることもなく、すぐにUターンして帰っていった。

父と母は、町の噂をどういう風に受け止めているのだろう。みんながみんな博之の父親を非難しているのか、博之一家は町を出ていくしかないのか、なんとかして助けてやれる方法はないのかと、それを探るために、さっき博之に聞いたばかりの事故の話を両親にしてみることにした。

「宮脇さんが車ごと田んぼに突っ込んだことやったら知っとるよ。なあ、お父さん」

「ああ、知っとる。町中の噂になって、みんな大笑いしよったがな」

そう言って、父は軽快に笑った。

「それじゃないよ。そのあとの衝突事故のことだよ」

父と母は顔を見合わせて首を傾げた。

「そのあと、というと？」と、母が尋ねる。

「もしかして知らないの？」

驚いたことに、両親は知らなかった。

「全損とな？　よう骨折だけで済んだな」と、父が驚いている。

「恐いなあ。お父さんも、もう運転はやめた方がええよ」と、母が言う。

「ほんでも車がないとなあ。死活問題じゃし」

父は言い返してはみるものの、いつもの勢いはなかった。

博之の父親の事故をきっかけに運転をやめてくれればいいというような単純な問題ではない。車なしでは生活できない現実がある。そして運転しなくても、誇りを失わずに生きていける別の楽しみを見つけなければ、老け込んでいくばかりだ。

「事故のことが町中の噂になってるって博之は言ってたけどなあ。だけど、親父も母さんも知らなかったんだね」

博之が勝手にそう思い込んでいるだけで、実はほとんど知れ渡っていないのではないか。もしそうだとしたら、博之にそのことをすぐにでも教えてやりたかった。

「ほんだって、うちら最近、誰とも話しとらんもん」と母がぽつりと言った。

「えっ？」

「雅志が通販の手配をしてくれてから、買い物にも行かんようになって、誰にも会わんようになったからのう」と、父がのんびりした調子で言う。

「たまに外に出てみても、誰一人として道を歩いとらんのよ。みんな家の中で何をしとるんか知らんけど静かなもんやわ。畑に出たら遠くに人が見えることもあるけど、わざわざ近寄って行って話すようなこともないしね」

八十歳近い人間にとっては、隣家との距離すら遠く感じられるのだろうか。どの家にも隣家との間に納屋や畑がある。敷地が広いというのも、いいことばかりではないらしい。

それにしても、車を運転するなと息子に言われたからといって、家でじっとしていなくてもいいのに。来年末には廃止されるとはいうものの、まだバス便もある。

だが、駅まで出るだけで、バス代が五百六十円もする。二人で往復したら二千円を超える。

今はまだ二人だからいい。しかし、父か母のどちらかが亡くなったあと、残された方は一日中、本当に誰とも話さない生活を送ることになる。都会ならば、一人暮らしであってもデパートでウィンドウショッピングをするとか、カフェに行って気を紛らすこともできるが、こんな閉ざされた場所では、どうやって一人で過ごせばいいのか。ドライブくらいしかすることがないというのは皮肉なことだ。

若者のようにSNSで人とつながることもできないし、趣味に没頭して自分の世界に閉じこもってひとり楽しむこともない。両親には読書の習慣もないし、広い庭があっても筋トレすることもない。

「あ、のんびりお茶を飲んでる場合じゃなかった。さっさと買い物に行こう。食料品の買い出しのために帰ってきたんだから」

母が淹れてくれたほうじ茶を飲み干して立ち上がった。

「お、そうじゃった。早う行こ」と、父は嬉しそうに言った。

「このブラウス、ちょっと派手やない？」

母は、スーパーに行くくらいのことで服装を気にしている。

後部座席に父と母を乗せ、スーパーへ向かった。車の傷がまた増えていたが、気づかないふりをした。

――だって、問い詰めたところでどうなる？

根本的な解決にはつながらないし、父が不機嫌になるだけで何もいいことはない。田舎で暮らす人間にとって、車は命綱だ。毎回スーパーへ行くのにタクシーを呼んだりしたら早晩破産してしまう。

やっぱり車は必要だ。

どう考えても必要なのだ。

いったい、どうすればいいんだろう。

運転席から見上げる秋の空は、天高く澄んでいた。それを見ているうち、何年か前に北京(ペキン)に出張に行ったときの情景を思い出した。大気汚染で悪名高き北京だが、その日は澄みきった青空が広がって清々(すがすが)しい日和(ひより)だった。

北京の公園では、お年寄りが集まって将棋に似たものに興じていた。周りを取り囲む野次馬にも見えるようにという配慮なのか、将棋盤はびっくりするほど大きくて、駒もひとつが直径五センチ以上はあった。見渡せば、そんな老人の集まりが公園内の至る所にあり、ほかにも、背丈ほどありそうな長い筆を水で濡らし、コンクリートの上に字を書いて達筆を披露している老人も何人かいた。そして、それも大勢の老若男女が興味津々といった顔つきで見守っていた。

それらはどこか懐かしい風景だった。

自分が子供の頃は、夏の夕方から夜にかけてどの家も玄関の前に涼み台を出し、そこで祖父や父は近所の人たちと将棋や碁に興じ、母親たちは井戸端会議を楽しんだ。女の子たちはゴム飛びをし、男の子たちはメンコで遊んだ。夜に外で遊ぶのは、禁を犯しているような気持ちもあって、子供心にもわくわくした。とはいえ、祖父母や両親が傍にいてくれるから、安心感に包まれていた。

今や、そういった風景はとんと見られなくなった。

お寺の境内(けいだい)に行けば誰かしらいて一緒に遊んだものだ。小学校の校庭にしても二十四時間開放されていて自由に出入りできた。空き地や山のあちこちには秘密基地もあった。

そういった、誰でも気軽に行ける場所が消えてしまったのはなぜなのだろう。

それらは、図書館や学童クラブや囲碁クラブというようなものとは根本的に異なるものだ。市役所主催の体操教室などとも違う。もっと気楽な場所で、気が向いたときにふらりと顔を出すことができた。

その証拠に、親父連中はステテコとランニングシャツ姿だったし、子供は泥んこの服を平気で着ていて、母親はエプロンをつけたままだった。履物はといえば、みんな判で押したようにツッカケという名の、バックストラップのないサンダルと決まっていた。

それと同じ風景が北京の公園や路地裏には残っていて、外国だというのに泣きたくなるほどの郷愁を感じたのだった。とはいえ、中国も今より更に都市化すれば、早晩そんな憩い（いこ）の場所はなくなってしまうのかもしれないが。

自分が子供の頃、両親は農作業や内職に忙しくて、一緒に遊んでくれたこともなかったし、宿題を見てくれたこともなかった。それでも自分が普通に成長できたのは、近所に住む数歳上のお兄さんやお姉さんがこまごまと面倒を見てくれ、様々なことを教えてくれたからだ。遊びに夢中になっているうちに夕方になり、そのまま近所の家で夕飯を御馳走（ごちそう）になることもしょっちゅうだった。

そんな中で育ってきたからだろう。親が子供をほったらかしにしていても、子供はちゃんと育つという考えが、知らない間に心の奥深くに刷り込まれていた。

息吹の育った環境は、自分のときとは似ても似つかないのに。

誰もいないマンションの一室で孤独に育ち、近所には親しいお兄さんもお姉さんもおらず、歩いていける範囲に親戚など一軒もない。そんな環境に、大切な息吹を放り投げたままにしていたのだ。

ああ、なんということだろう。

考えれば考えるほど後悔に苛（さいな）まれそうになったので、話題を変えた。

「そういえば、認知症検査を受けたことってあるんだっけ？」

そう尋ねながらバックミラーで後部座席の父を窺（うかが）った。一瞬目が合ったものの、父はすぐに目を逸らし、眉間に皺を寄せたまま返事もしなかった。

——わしはボケとらんぞ、馬鹿にしやがって。

父の心の声が聞こえるようだった。

「私は検査を受けてみた方がええかもしれんの」と言ったのは母だった。

「なんで、お前が受けるんじゃ。しっかりしとるじゃないか」と父は不満げだ。

「そりゃ自分ではボケとるとは思わんが、若い時と違って物忘れすることも多くなったから、お父さん、一緒に受けてみんか？」

「わしはやめとく」と、父はきっぱり言った。

「早う発見した方がええらしいよ。薬もあるって聞いたで」

「馬鹿馬鹿しい。早期発見なんて癌じゃあるまいし」

父に認知症検査を受けさせるのは手こずりそうだ。だがなんとか説得して、予約だけでもしてしまいたい。

「大倉医院じゃなくて、公立病院の方がいいと思うよ」と言ってみた。

「どっちにしろ必要ない」と、父は即座に言い返した。

「博之の親父の事故のこと、考えてみなよ」

そう言うと、父は黙った。

予約さえしてしまえば、腰を上げざるを得ないだろう。

予約したのにすっぽかすなんてことができない律儀な性格だから。

8

博之の父親の事故のことを、歩美に話してみた。

声が聞こえたのか、息吹も部屋から出てきてソファに座り、神妙な顔で耳を傾けている。


「それは大変だったわね。骨折で済んだからよかったものの、一歩間違えたら……」

歩美もショックを受けたようだった。

もう二十年近くも前のことになるが、夫婦で帰省したときに、歩美に博之夫婦を紹介したことがあった。喫茶店でお茶を飲んだだけだったが、博之の妻の素朴な人柄のお陰か、楽しく話ができたことを覚えている。

「お義父さんはまだ運転をやめてなかったの？　大丈夫なの？」

「本人もわかってはいるんだろうけど、なんせ田舎じゃ車がないと生活できないから」

「だったらいっそのこと、ご両親をこっちに呼び寄せたらどうかしら」

「歩美、それ本気で言ってる？」

まさか歩美の方から同居を提案してくれるとは思ってもいなかった。

歩美の気持ちは嬉しいが、このマンションでの同居は双方にとって厳しいのではないか。３ＬＤＫを夫婦と子供の三人でそれぞれに使っているから、一部屋を空けなければならない。となると、夫婦同室となり、エアコンの設定温度ひとつを取っても喧嘩(けんか)になることが目に見えている。両親にしても、六畳ひと間に閉じ込められたら息が詰まるだろう。

「問題は、どこに住んでいただくかよね。マンションを借りるにしてもこの辺りは家賃が高いでしょう」と言いながら、歩美は腕組みをした。

なんだ、そういうことか。同居する気じゃなかったのか。

「郊外に住んでいただくしかないわね」

「それは無理だよ」

「どうして？　在来線と新幹線で半日かかることを思えば、一時間弱で行ける郊外のマンションならぐっと行き来しやすくなるじゃないの」

悪気はないのだろうが、近所の住人の全員が顔見知りである田舎の暮らしをわかっていない。

「田舎から出てきて、知り合いが一人もいない場所に住むのは酷だよ」

「うちの両親だって目黒(めぐろ)から吉祥寺に引っ越したのよ。それも、父が定年退職した後よ。吉祥寺には知り合いは一人もいなかったはずだわ」

「それとこれとはわけが違うよ」

どう違うの？　と、問いたげな目で歩美はこちらを見た。

「いいこと思いついたわ。田舎の家や畑を売って、そのお金でこっちに小さなマンションを買うっていうのはどうかしら」

「えっ、あの家を売っちゃうの？」

それまで黙って聞いていた息吹が口を挟んだ。売らないでほしいと目が訴えている。

「あんな土地、売れないよ。売れたとしても二束三文だから、東京のマンションなんてとても買えない」

「あの家は売らないでよ。頼むからあのまま置いといてくれよ。俺がいつか年を取ったら住むからさ」と、息吹が言った。

歩美はチラリと息吹を見ただけで何も言わず、こちらに向き直った。

「二束三文というけどね、それは雅志の想像に過ぎないわ」

「いや、だって、あの近辺の家が高く売れたなんて聞いたことないし」

「売るなんてもったいないよ」と息吹が尚も言う。

「ともかく相場を調べてみなくちゃはっきりしたことはわからないでしょう」

そのとき、夫婦ともに息吹を無視していることに、自分は気づいていた。

もしかして、今までもずっとそうだったのではないか。世間知らずの子供の意見などいちいち取り合っても時間の無駄だ。そう思ってきた。

きちんと子供に向き合う親なら、いちいち説明してやるのだろうか。

だが、自分たち夫婦は常に効率を優先してきた。時間を有効に使わなければ、暮らしていけなかったからだ。

「家がなくなったら、トーマスはどうなるんだよ」

息吹は老犬の行く末も心配らしい。

「とにもかくにも、親父とお袋の気持ちを聞いてみるよ」

「そうよね。お義父さんとお義母さんの気持ちを聞かずに、勝手にああだこうだ言ったって始まらないわね」

「じゃあ、今電話してみるか」

歩美と息吹が見守る中で、母に電話をかけた。

「もしもし、母さん？」

今、歩美と話したばかりのことを言ってみた。

――私らが東京に住む？　冗談じゃろ。そんなこたあ無理だわ。

「どうして無理なんだよ」

――ほんだって都会は人が多いし、ごちゃごちゃしとって、わけわからんもん。だいたい、どこに住むん？　雅志と同じマンションのすぐ隣の部屋っちゅうんなら心強いけど。

「それは無理だよ。空いてないし、高いし。だから……」

家と田んぼを売ることを提案してみた。

——そんなん、ますます考えられん。お父さんの目の黒いうちは、先祖伝来の土地を手放すなんてあり得ん話じゃわ。

「そうか、やっぱりね」

ふとそのとき、門の表札「平民　猪狩平治郎」が思い浮かんだ。代々続いてきた家を自分の代で潰そうとしている。名家ではなく平民だけれども、それでも祖先が苦労して築いてきた家や田んぼであることには間違いない。

「そういえば、認知症検査には行ったのか？」

——行ったことは行ったんじゃけどなあ。

「どうだった？」

——結果はまだ出とらん。でも、たぶん、あかんかったと思う。ほんだって、いきなり今日は何月何日ですかって聞くんやもん。そんなん聞かれたって、咄嗟にはわからんわ。

母の声音が悔しそうだった。

「なんだ、そういう検査だったのか」

脳波を調べたり、ＭＲＩで脳の萎縮を調べたりする科学的な検査だと思っていたので、がっかりした。

——今日が何月何日なんて、学校に行っとる子供や、会社に勤めとる人やないとわからんよ、うちら普段は日付なんて全然意識せんと暮らしとるもん。

「わかるわかる」

——曜日にしたって、うちら何曜日だろうが関係ない生活しとるんやもん。そもそも毎日が日曜日みたいな人間に尋ねる質問としては間違うとる。

相当悔しかったのか、まだ不満を言っている。

「俺だってスマホを見ないと日付や曜日は咄嗟にはわからないよ」

そう言うと、やっとほっとしたのか、母が嬉しそうにフフッと笑った。

——あれからずっとお父さんが怒っとるんよ。あんなのは検査にはならん。あの医者、年寄りを馬鹿にしくさってって。

父が歯ぎしりして悔しがる様子が目に見えるようだった。

——日付の次は算数じゃった。それも、百から七ずつ引いていけなんて無茶なこと言いよる。私ら、そんなん若いときから苦手やったのに。

「そんな検査ならやっても意味なかったね」

——七やのうて、せめて五にしてほしかったわ。それやったらすらすら言えたのに。

お父さんも言うとったよ。誰だって七ずつ引くのは無理があるって。どうしても七がええんなら、せめて足し算にすべきやないかって今も怒っとる。

母がいつになく饒舌（じょうぜつ）なのは、普段あまり誰ともしゃべっていないからではないか。そう思うと、ますます心配になってきた。

電話を切ってから、歩美に説明した。両親は田舎の家を売る気もないし、都会はわけがわからないと言っていると。

「そんなの思い込みでしょ。住んでみたら、そんなことないってわかるはずよ。試しにウィークリーマンションに住んでもらえばいいんじゃないかしら」

「ウィークリー？　なるほど、それはいい考えだ」

試すというのは重要だ。というのも、会社の後輩の中に向こう見ずな男がいた。テレビで見た田舎暮らしに憧れて、さっさと会社を辞めてローン途中の家も売り払って家族とともにIターンした。だが、田舎の風習に溶け込めず、経済的にも苦しくなり、一年ちょっとで東京に舞い戻ってきた。だが未だに職が見つからず四苦八苦していると聞いている。

父たちも、田舎の生活を完全に捨て去って、いきなり引っ越してくるというのはやめた方がいい。田舎の家を売ってしまったら、都会生活に馴染めなかった場合、帰るところがなくなってしまう。そして……自分も故郷を失うことになる。

身の回りの物だけを持って上京し、都会生活を試してみる方が賢明だ。

早速インターネットで検索してみると、ウィークリーマンションの家賃が、思っていたよりずっと高かったので落胆した。最初から家電や家具を完備しているから安上がりだと思っていたら大間違いだった。寝具から食器に至るまで別途レンタル料金が必要で、家電はすべて安価な外国製だ。

調べれば調べるほど不満が募るが、それでも都会暮らしに慣れることができるかどうかを試してみることは重要だと判断した。

そして、自分たちのマンションから二駅先に1LDKのまあまあの部屋があるのを見つけ、契約した。

9

嫁の歩美に遠慮しているのか、田舎の両親は決して不満を口には出さなかった。

だが、両親が楽しそうにしていたのは、東京見物に連れて行った最初の土日だけだった。その後はほとんど外出せず、ウィークリーマンションの一室でじっとしている。

スーパーがすぐ近くにあるので、食材がなくなったら買いに行くよう言ったのだが、それすら億劫がっているように見えた。

どうして都会生活を楽しまないのだろう。あれも見てみたい、これも食べてみたいと思わないのが不思議だった。

自分が上京したての頃は、東京にいること自体が嬉しくて、毎日のように出歩いたものだ。それとも十八歳だった自分とは違い、八十歳近くにもなると、好奇心がなくなってしまうのだろうか。あの当時、十八歳で風呂なし四畳半に住んでいて金のなかった自分からしたら、父たちの暮らしは羨ましいくらいなのだが。

その日は、多忙な自分たち夫婦に代わって、歩美の両親が、はとバスツアーを企画してくれた。

歩美の両親が、早朝にウィークリーマンションに迎えに来てくれたとき、出勤前の自分も立ち寄ったのだが、父も母も無理に愛想笑いをしているのが見てとれた。歩美の両親に対し、気後れする気持ちが強く、一日中一緒に過ごすのは気が重いのだろう。本当は行きたくないのに、せっかくの嫁の親の申し出を断るのも悪いと思って我慢しているようだった。

岳父は、ゴルフシャツにスラックスといういで立ちで、絶えず穏やかな笑みをたたえている。その鷹揚(おうよう)に構えた姿は、見るからに現役時代はエリートだったという匂いを漂わせていた。品のある岳母は相変わらずおしゃれで、明るい色のスーツを着てヒールのあるベージュの靴を履いていた。

それに比べて、うちの父ときたら、四十年ほど前に買った古い型の濃紺のスーツだ。田舎ではスーツを着る機会は滅多になく、生地も傷んでいないから買い替える必要もないのだろう。母もまた、いつ買ったのかわからないくらい古い、仰々しいレース生地のスーツを着ていた。

対照的な二組の夫婦を見ていると、今更だが、あまりの差に恥ずかしくなった。母も出発前からひどく気後れしているのがありありと表情に表れていた。

父は田舎にいるときは、農機具メーカーの名前の入ったキャップをかぶり、上下グレーの作業着だ。田舎では誰もが似たり寄ったりの恰好なので、たとえズボンがよれよれでも、首に手ぬぐいをかけていても、子供心にもそれを恥ずかしいと思ったことなど一度もなかった。

「そろそろ参りましょうか」

歩美の母親の上品な微笑みに促されて、両親が薄い笑みを口の端に浮かべて出ていく後ろ姿を見送った。

なぜ断ってやらなかったんだろう。

――うちの両親が、はとバスツアーを予約したんです。

一週間前、歩美がそう言ったとき、父も母もさすがに行きたくないとは言いにくかったに違いない。暇にしているのだから断る口実も見つからない。

そして、せっかくの誘いを有難く思わなければならない、そうでなければ息子に迷惑をかける。きっとそう思ったのだろう。その気持ちを汲んでやり、うまく断るのは息子である自分の役割だったのだ。

きっと今日一日、両親は緊張と気遣いでひどく疲れるだろう。

その日は一日中、自分まで落ち着かなかった。

10

はとバスツアーから一週間ほど経ったとき、話があるからウィークリーマンションまで来てほしいと、母から呼び出しがあった。

「俺も行く」

土曜日で家にいた息吹は、一緒に行ってもいいかと尋ねることなく、勝手についてきた。

息吹は、歩美の両親にはあまり関心を示さないが、田舎の両親には親しみを抱いている様子だった。波長が合うのかもしれない。ここのところ息吹と一緒にいる時間が増えたのは、田舎の両親が近所にいてくれるお陰だ。

息吹と二人で電車に乗るのは久しぶりだった。

「じいちゃんたち、東京に来てから暗くなっちゃったね」

息吹が車窓を眺めながらぽつりと言った。

「やっぱりそうだよな。息吹も気づいてたか」

「足腰が弱ってきたって、じいちゃん言ってたよ」

「そうなのか。それはいけないな」

学校帰りに、ちょくちょくウィークリーマンションに寄っているようだ。自分は子育てだけでなく、老親の面倒を見ることも満足にできないでいる。それを息吹が補ってくれていると思うと複雑な気持ちになる。

「じいちゃんの目がうつろになってることがあるんだ。大丈夫なのかな」

「本当か？　それはまずいな」

ウィークリーマンションに着くと、母が玄関ドアを開けてくれた。いつもの笑顔だったので、少し安心した。

「息吹くんも来るかもしれんと思って、あんころ餅を作っておいたで」

「やったぜ」と、息吹がガッツポーズを作り、「父さんについて来てよかったあ」と、大げさに喜んで見せた。

備えつけのソファセットがあるのに、父はフローリングに座布団を敷いて新聞を読んでいた。自分が帰省したとき、椅子のない生活はつらいと感じたのと反対で、両親は畳のない生活は居心地が悪いのかもしれない。

母はローテーブルに煎茶とあんころ餅の載ったトレーを置いた。

「母さん、話って何？」

「うん、それがのう……」

何やら言いにくそうだ。

「ばあちゃん、何か困ったことでもあったの？」と息吹が尋ねた。

「いや、困っとることはないんじゃが」

母は気弱に笑い、助けを求めるように父の方をちらりと見たが、父は聞こえないふりをしているのか、新聞の頁をめくった。

「雅志、色々と良うしてもらって悪いんやけどのう」と、母が切り出した。「マンションちゅうのは息が詰まるんだわ。七階ゆうのも身体が宙に浮いとるみたいで」

やはり、そういった話だったか。

「エレベーターの乗り方は、やっとわかってきたんやけど」と、母が申し訳なさそうに言う。実家の周辺の生活圏には、エレベーター付きの建物がなかった。

「そろそろ田舎に帰ろうかと思う」と、それまで黙っていた父が新聞から顔を上げて言った。

「二人がそう言うんなら仕方ないけどね。でも……」

次の瞬間、いきなり怒りが込み上げてきた。

「せっかく東京に出てきたんだから、家の中にじっとしていないで、二人であちこち出かけてみればよかったじゃないか。そしたら楽しかったかもしれないのに」

自分勝手な憤りだとわかってはいたが、強い語調が口を衝(つ)いて出てしまっていた。

「ほんだって、電車の乗り方もわからんし」と母が言い訳するように言う。

「丁寧に説明したじゃないか。路線図も渡しただろ」

ＩＣカードも二人分用意したから、昔のように切符を買う必要もないのだ。

「たった一回の説明で、縦横無尽に走る電車を乗りこなすのは無理だわ。雅志も忙しそうで、何回も聞くのも悪いし」

「だったら、近所を散歩してみるだけでも楽しいはずだよ。いろんな店があるんだし、冷やかしに覗いてみたり、なんなら住宅街を散策するのだって、きっと得るものがあるはずだよ」

田舎にはない堅牢(けんろう)な豪邸もあれば、崩れそうなアパートもあり、様々な暮らしぶりが見られる。それに、母は花を植えるのが趣味なのだから、庭から覗く様々な庭木や草花にも興味が湧くはずだ。

それより何より、自分はこんなに一生懸命やっている。ウィークリーマンションを借りるときだって、思ったよりずっと多くの費用が必要だった。

「そんなこと言うても、私ら田舎もんやから、冷やかしで店に入ってみるなんて、とてもとても、そんな勇気は」と母が言う。

「何を言ってるんだよ。東京に住んでるやつらのほとんどが、もとは田舎から出てきた人間だよ。本人は東京生まれでも、親か祖父母の代は地方出身者なんだよ」

思わず大きな声を出していた。

次の瞬間、息吹がいきなり噴き出した。もうこれ以上は堪えきれないといった風に。

『ごめん』と、息吹と自分の声が重なった。

自分でも支離滅裂なことを言っていることはわかっていた。

「わしは無性に畑仕事がしとうなった。畑が今頃どうなっとるか気になってのう」

「ほんに悪いんやけど、田舎に引き上げてもええかの？」と母が上目遣いで問う。

「雅志、お前には金を使わせてしもたな。すまんかった」

「金のことはいいよ」

心にもない言葉が口から出た。これ以上、親を惨めな気持ちにさせるわけにはいかなかった。

「そこまで言うんなら……仕方ないね」

「引き上げるのは、いつ頃になるかの？」

母の縋るような目は、一日も早く田舎に帰りたいと訴えている。

「俺はいつでも構わないけど」

「ほんなら、荷造りが終わり次第、来週にでもここを引き上げたいんじゃが」と母は遠慮がちに言った。

「ええっ、そんなに早く？　引っ越してきたばかりじゃないか」

そう言うと、母は申し訳なさそうな顔になり俯（うつむ）いてしまった。

ふと部屋の隅に目をやると、田舎からここに引っ越してきたときの段ボールが組み立て直してあり、荷造りを始めている形跡があった。

「トーマスにも会いたいしの」と父が言う。

老犬トーマスは、近所の人に預けてきたのだった。

「わかったよ。さっそく退去の手続きをするよ。クロネコにも連絡するから、荷物をまとめておいて」

そう言うと、両親は嬉しそうに眼を見合わせて微笑んだ。

久しぶりだった。両親が心からホッとしたような笑顔を見せたのは。

息吹までが安心したような顔になっている。

引っ越しは簡単に済むだろう。田舎に運ぶのは、段ボールに詰め込めるものばかりだ。こうなってみると、家具も寝具もついているウィークリーマンションを借りて正解だったのかもしれない。

いつの間にか腹立ちが収まっていたのは、田舎と一口に言っても色々あることを思い出したからだ。地方都市に住んでいる人ならば、きっと東京生活を楽しめただろう。だが、山や田んぼに囲まれた集落で生まれ育った人間には、若い頃ならともかく、八十歳近くになってからでは慣れるのは無理だったのかもしれない。

浅慮だった。

自分は田舎で過ごした年月の何倍かを東京で暮らしている。

田舎の人間の感覚をもう想像できなくなっていた。

11

息吹と二人でマンションに帰った。

玄関ドアを開けると、すぐ目の前の廊下で歩美が掃除機をかけているのが見えた。狭い空間に轟音(ごうおん)が鳴り響いている。

歩美は掃除機のスイッチを切ると、「お義父さんとお義母さんの話って何だったの？」と、早速聞いてきた。

「田舎に帰りたいってさ」

「やっぱりそうだったのね」

そう言いながら、歩美は「コーヒーでも飲む？」と言いながら掃除機を片づけ、リビングに入っていく。

息吹はそのまま自分の部屋に入るかと思ったら、リビングについてきた。

「俺は紅茶にしよ」

息吹はキッチンに行き、自分用の犬のイラストが描かれたマグカップを食器棚から出した。田舎の祖父母に関する話なら、自分も参加する権利があるといった風だ。

「田舎にお帰りになるのは残念だけど、仕方ないかも」と、歩美はコーヒー豆を挽きながら続けた。「昨日読んだ雑誌に書いてあったんだけど、最近は地方から東京や横浜に転入してくるお年寄りが激増しているらしいの。新しい環境に慣れるのは大変で、中には鬱病になって自殺する人もいるんだって」

「そんな……」

思わず溜め息が出た。

「俺みたいに地方から出てきた十代の若者のようにはいかないんだな。二人揃って家の中でじっとしてるんだもんなあ。認知症になるんじゃないかと心配になるよ」

「ばあちゃんは、いつも捜し物をしてたよ。鋏はどこに置いたかな、靴下はどこにしまったかなって」

「物忘れがひどくなったのかな」と、心配になる。

「それは違うんじゃないかしら。住み慣れた家なら多少の認知症があっても、それなりに生活できるって聞いたことがあるわ。それとは反対に、認知症じゃなくても環境が変わると、トイレの場所もなかなか覚えられないことがあるみたいよ」

「それなら俺も思い当たる。去年、机を買い替えたとき、どこの引き出しに何をしまったかわからなくなった」

そう言うと、息吹が大きくうなずいた。「父さん、俺だってそんなのしょっちゅうだよ。年中セロテープやホッチキス捜してるもん」

「息吹、それはあなたの整理整頓がなってないからでしょ。たまには部屋を片付けなさい」と、歩美がばっさり切り捨てた。

息吹が、お手上げといったように天井を見上げる。

「呼び寄せるなら、六十代のうちが理想だって書いてあったわ。今さら言ったところで遅いけど」

「六十代？　そんなの無理だろ。本人たちも、まだまだ若いと思っているだろうし、実際に車の運転も農作業もできて生活も心配ないんだし」

そう思っているうちに、どんどん年を取っていくのだろう。みんなギリギリまで頑張り、八十歳を過ぎて土壇場になってから、このままだとマズいと気づくのだ。

「まっ、とにかく振り出しに戻ったってことだな」

そう言ってから、「あーあ」と、思わず声が漏れ、息吹と同じように天井を仰いでしまった。

金が欲しい。

喉(のど)から手が出るほど金が欲しかった。

仮に自分が金持ちで、都心の大きな家に住んでいたとしたら同居できたはずだ。そうでなくても金さえあれば二世帯住宅を購入することもできるし、同じマンションの別の部屋を買うことだって可能だったろう。そしたら両親も安心できたに違いない。夜は一緒にテレビを見たり、ときどきは母が夕飯に招いてくれたかもしれないし、そしたら色々な話もできるというものだ。そして広い庭があれば、両親はそこに花を植えたり、野菜を作ったりもできたはずだ。息吹だって学校から帰ればすぐに祖父母の部屋を訪ねてくれただろう。

宝くじで七億円が当たれば……。

そんなあり得ないことを想像したところで虚しくなるだけだった。

できる限りのことはやった。自分たち夫婦にも多忙な生活があり、親の生活を毎日面白おかしく盛り上げることは無理だったが、それでも歩美もちょくちょく顔を出して、デパートで買った総菜を届けるなど、残業続きで疲れているのに様々に気を遣ってくれた。

両親が都会生活を楽しんでくれるはずと思ったのは、大いなる勘違いだったらしい。歩美の両親が、残り少ない人生を目いっぱい楽しもうとばかりに頻繁に旅行に出かけるのを見ていたから、年寄りなら誰しもそうしたいものだと勝手に思い込んでいた。だが、田舎の両親はそうではなかった。それまでのように、住み慣れた自宅で穏やかにのんびり暮らしたかったのだ。不安を抱いたまま都会で暮らすのはつらかっただろう。


「それで、いつ田舎に？」

「なるべく早い方がいいらしい。来週にでもって」

「来週？　そんなに早く？　それは、相当……」と、歩美は言いかけてやめた。

「相当、何？」と、問い返した。

「うん、なんていうのか、私たちが思った以上に、都会暮らしがキツかったんだなあって思って。申し訳ないことしたわ」

言われなくてもわかってはいたが、はっきり言われると気分が更に沈んだ。

「手伝えることがあったら言ってね。なんなら私、有休を取ってもいいわよ」

重い空気を吹き飛ばすように、歩美が明るい調子で言った。

「ありがとう。悪いね」

「俺も手伝ってやってもいいぜ」

本当は手伝いたくてたまらないくせに、息吹は偉そうに言った。

それにしても――。

たった一ヶ月で父は足腰が弱ったのだった。それに何より家賃が高すぎた。事前に覚悟はしていたが、この短い期間で、いったいいくら使ってしまっただろう。こんなことなら、安価なビジネスホテルでの長期滞在の方が、煩雑な手続きがない分、楽だったのではないか。

そもそも、自分はどうするつもりだったのか。仮に両親が東京暮らしを気に入ったとしたら、このまま家賃を払い続けなければならなかったのだ。歩美にしても、どうしてこんな向こう見ずなことを提案したのだろう。歩美もまた、これといったいい方法を思いつかなかったに違いない。

夫婦揃って、今のままではまずいという焦りだけが先行していた。とりあえず両親が東京の生活に慣れるかどうかを見て――当然、慣れるものだと信じて疑わなかった――その後は郊外にある家賃の安いUR賃貸か何かに移ってもらう。はっきりそうと計画していたわけではなかったが、それくらいなら両親の年金で何とかなるだろうと、なんとなく考えていた。

その日の夜、またしても高齢ドライバーの事故のニュースが流れた。ブレーキとアクセルを踏み間違えて美容院に突っ込み、死傷者が出たという。

ますます気分が滅入った。

12

その日は、朝から仕事が立て込んでいて昼食を取る時間さえなかった。

空腹を紛らわすために、社内の自動販売機で売っている、ナタデココ入りヨーグルトドリンクを二本も飲んだ。だが、いよいよ夕方に近づくと、腹が減って力が入らなくなった。

「社食で夕飯を食べないか？」

いつものように森田を誘った。彼は大食漢だから、社食で食べても、家に帰ってから妻の作った夕飯を完食することができる。

最上階の社員食堂へ行き、自分はきつねうどん、森田はカツカレーを注文した。

五年ほど前、森田は介護休暇を取った。当時の上司はいい顔をしなかったため、森田が居心地悪そうにしていたのを覚えている。森田には兄と妹がいるが、全員が東京に住んでいて、それぞれに仕事を持っていたから、母親の面倒を見るために交代で愛媛に帰省していた。

「あのときの森田は、いつも疲れた顔してたな。俺みたいな一人っ子だけが苦労するわけじゃないんだなと思ったもんだよ」

「逆に一人っ子の方がいいかも知れないぜ。誰にも頼れないっていう覚悟が最初からあるだけマシだよ」

森田はそう言うと、カツをうまそうに頬張った。

「俺みたいに三人兄妹だと、お互いに当てにしてしまうんだよ。そのうち、自分は他の二人より負担が重いんじゃないかって疑心暗鬼に陥ったりしてさ」

言いながら、森田はカレーとご飯をスプーンで混ぜている。

「猪狩は介護休暇を申請しないのか？」

「俺んとこは無理だよ。まだ要介護状態でもないんだし」

「そうか、猪狩のところは、まだそこまでいっていないのか」

慰めるような優しい言い方ではあったが、それだと、まるで介護状態でないことが残念なことのように聞こえ、複雑な気持ちになった。

「頭も足腰も大丈夫なのか」

「ああ、今のところは二人とも元気だ」

「そうか。だったら先は長いぞ。うちのお袋のときは本当に大変だったよ。この介護が永遠に続くのかって絶望して、普段ガサツな俺からは想像できないだろうけど、鬱病を発症しそうだった」

「そうか、そんなに大変だったのか」

「でも助かった。介護が十ヶ月で済んで」

そう言って、コップの水をごくごくと喉を鳴らして飲む。そんな森田を息を呑んで見つめていた。

――おい、森田、それはつまり、母親が早く死んでくれて助かったということか？

もう少しで森田を問い詰めそうになった。

剛毅（ごうき）で頼りになる森田が、「助かった」と言いきったのはショックだった。

森田は決して冷たい人間ではない。それはつまり、きれいごとなんて言っていられないほど苦しかったということだ。奥さんも協力してくれたというが、薬剤師として病院で働いているから、そう頻繁には帰省につき合えなかったという。

「実はさ、それぞれの配偶者を巻き込んで最悪の状態になったんだよ」

森田の話によると、兄夫婦、森田夫婦、妹夫婦の六人のうち、兄の妻が専業主婦で、唯一時間的余裕があったという。

「だからさ、兄貴の嫁さんに、もう少し頻繁に帰省して世話してくれませんかって頼んだんだ。そしたら、私はお手伝いさんじゃありませんってブチ切れちゃってさ」

森田は苦笑しながら再び水をゴクリと飲んだ。

「兄貴の嫁さんは当時やっと子育てを終えて久しぶりに友だちと旅行して人生を取り

戻したばかりでさ、それというのも兄貴が封建的な男だから苦労してきたみたいで」

「そうか、人それぞれ事情はあるだろうけど……」

「次に白羽の矢が立ったのは妹だよ」

「妹さんは高校の家庭科の先生じゃなかったっけ？」

「そうだよ。だけど年齢とともに体力的に厳しくなってきたから早期退職したいって以前から言ってたんだ。それに妹のダンナは丸菱(まるびし)総研に勤める高給取りだから、妹が辞めたところで経済的には全然オッケーなんだよ」

「それで、妹さんに勤めを辞めて帰省するように言ったのか？」

「ああ。そしたら、人の人生を軽く考えるなって妹も烈火のごとく怒った」

「だろうな。勤めより介護の方が厳しいだろうしね」

「子供の頃は仲のいい兄妹だったのにギスギスして、しまいには口も利かなくなった」

その結果、母親の世話をする日をきっちり三等分したスケジュール表を作って分担したという。完璧(かんぺき)に平等にしなければならない雰囲気になり、神経を遣ったらしい。

「今じゃ法事以外には連絡を取ってないよ。法事で帰省したって、ほとんど口も利かない。もう今後は法事もやらなくていいかなと思ってる」

「そうだったのか。大変だったな」

うどんが喉を通らなくなってきた。

ふと見ると、森田はいつの間にかカツカレーをきれいに平らげていた。

「お袋には永遠に生きていてもらいたかったけど、あれ以上会社を休んだら、社内に俺の椅子がなくなったと思うよ。介護休暇はできれば取らない方がいいぜ。法律では決まっていても、うちの会社では、な」

こちらの心を見透かしたように、森田は言った。

未だに有給休暇でさえ取りづらい雰囲気がある。

いつの日か、介護休暇や男の育児休暇が、まるで日曜日に休むように当たり前に取れる日が来るとしたら……それはたぶん、自分たちが定年退職したずっとあとのことだろう。

それとも、そんな日は、息吹の時代になっても来ないのかもしれない。

13

玄関を入るとカレーの匂いがした。

短い廊下を進むと、浴室からシャワーの音がする。

それだけで心が安らいだ。人のいる気配とご飯の匂い……。

いつものこの時間ならシンとしていて、息吹は部屋から出てこないし、歩美は帰っていない。

「お帰り」

歩美がキッチンに立っている姿を見るのは久しぶりだった。「息吹はお風呂に入ってるわ。カレーを作ったのよ。食べる？」

歩美がお玉をかき回す手もとを覗き込んでみると、大きな人参（にんじん）やじゃがいもがごろごろ入っているカレーだった。椎茸（しいたけ）と茄子、ゴボウまで入っている。

「やっぱり手料理は美味しそうだな」

思ったままを言っただけなのに、歩美はお玉を手にしたまま固まったように動かなくなった。

「そういう言葉、プレッシャーだからやめてよね」

「プレッシャーって、何が？」

意味がわからなかった。

「毎晩きちんと夕飯を作れって言われている気がして、すごくしんどい」

冗談かと思ったが、横顔がつらそうに歪（ゆが）んでいる。

「そんなつもりじゃないってば」

歩美は返事をせず、ちらりとこちらを見ただけだった。

こういうとき、妻が食事を作って当然だという呪縛（じゅばく）に囚（とら）われているのは、男の自分ではなくて、妻自身ではないかと思うのだった。

「歩美が作るべきだなんて俺ぜんぜん思ってないってば」

「それって本心？」

「もちろん本心だよ。だって俺たち共働きじゃないか」

「そうよね。そう言ってくれるとちょっとホッとする」

歩美に笑みが戻った。

だが、なんとなく気まずくて話題を変えた。たまにはあなたが作れと言われている気がしてきたからだ。

「それにしても、うちの親父の運転、放っておいて大丈夫かなあ」

「心配よね」

そう言いながら、歩美はガスレンジの火を消した。

「また近々帰省しなきゃならないな。スーパーにも行ってやらないと」

「そういえば雅志、今年は勤続三十年の休みがあるって言ってなかったっけ？」

歩美は立ったままグラスの水を飲んだ。

「あるよ。不思議なことに、その休みだけはきっちり取れるんだ。有休は取りづらいのに、なぜか歴代の先輩たちも、その休暇だけは取ってきたからね」

「それは良かったわ。確か二週間よね」

「特にすることもないから家で読書三昧だな。その間の夕飯は俺が作るよ。スマホのレシピを見ながらやれば何とかなると思う」

「それよりも実家で過ごしてみればどうかしら。今度は帰省客としてじゃなくて、生活目線でご両親を観察してみるの。何かいい知恵が浮かぶかもよ」

「なるほど、それはいい考えだな」

そのときふと、向こうで職探しをしてみようかと思った。

田舎は勤め先も少ないうえに、五十代ともなれば年齢的にも厳しいのは想像に難くない。そうはいっても、やりがいのある仕事が見つからないとも限らない。

次の瞬間、洋二叔父が言った言葉が頭をかすめた。

——八十歳近くになった今、振り返ってみると、五十代がいかに若かったかがわかる。わしみたいな病人になってから後悔しても遅いぞ。

そんなこと言われたって、こっちは資金もないわけで……。

仮に塾を開くにしてもカフェをやるにしても、過疎化と少子化には太刀打ちできないだろう。

だったら元手のかからない商売は？

借金せずに始められる商売はないだろうか。

「ああ、いい匂い。早く食べようよ」

いつの間にか、息吹が風呂から出てきていて、首にバスタオルをかけたまま鍋を覗き、具沢山のカレーライスを見て目を輝かせていた。

「息吹、スプーン出せ。俺は皿を出す。腹ペコで餓死しそうだ」

14

改札を出ると、ロータリーに父の車が停まっていた。

運転席の父がこちらを見て、軍隊式の敬礼でもするかのように、手を掲げた。

免許を返納した方がいいと、これまで父に何度となく言った。それなのに、次のバスが来るまで時間を潰す術もなく、だからといってタクシー代五千円を出すのももったいなくて、父の「駅まで迎えに行ってやる」の言葉を断れなかった。

父はまだまだしっかりしている。だからそれほど心配することはない、少しくらいなら大丈夫だ……そう思いたくなる現実がある。きっと世間の年寄りも、その家族たちもそう考えて運転を許容し続けているのだろう。

「運転、代わるよ」

「ごちゃごちゃ言うとらんと、早う助手席に乗れ」

「だけど……」

「雅志、だいたいお前は大げさなんだ。わしの運転は安全じゃ。その証拠に、家からここまで事故起こさんと来れたんじゃ」

「そりゃそうだろうけどさ」

そう言いながら、しぶしぶ助手席に座った。

どちらが運転するかというような些細（ささい）なことで言い争うのが面倒で、安全よりも、ついつい父の機嫌を損ねない方を選んでしまう。そういうのを、きっと油断と呼ぶのだろう。そして、それに気づくのは、事故が起こってからなのだ。

「親父、ゆっくりでいいからね。安全運転で頼むよ」

そう言うのが精いっぱいだった。

「そんなこと、お前に言われんでもわかっとる」

車が走り出した。

駅前の商店街を抜けると、田園風景が広がった。十月も半ばだというのに、ちっとも秋の気配がしない。地球温暖化のせいか、最近は紅葉が始まるのは十一月の、それも下旬からだという。

家に着くと、母の笑顔と、激しく尻尾を振るトーマスが出迎えてくれた。

ウィークリーマンションで暮らしていたときの、どこか不安げで落ち着きのない母とは顔つきが違った。いつもの穏やかでのんびりした顔つきに戻っていた。東京にいたときよりも若々しくて、化粧っ気のない頬がピンク色に輝いて艶々(つやつや)している。

「今日の夕飯に巻き寿司を作っておいたでな」

母の作る巻き寿司は子供の頃から大好物だった。

今回も息吹はおらず、昔のように親子三人で夕飯を囲んだ。

子供の頃は、こうやって三人で暮らしてきたはずだが、まるで遠い前世の記憶のように思えてくる。

「最近は、免許を返す芸能人が多くなったのぅ」と言って、母が箸を止めた。

テレビを見ると、芸能人が警察署に運転免許を返納しにいく様子を映し出していた。

「アホらしてかなわん。東京はここら辺と違ってバスも電車もようけある」と、父が言い放った。

「有名な俳優じゃもん。ようけお金を持っとんさる。いつでもどこでもタクシーに乗れる。お抱(かか)え運転手っちゅうのもいるんやないの？」と母も言う。

「それにしても、今年はまだサンマを食べとらんなあ」

父が、それまでの話題と何の脈絡もないことを言い出した。

「まだ食べてないの？」

自分はと言えば、昼休みになると毎日のように、社食でサンマ定食を味わっていた。

「もうそろそろ旬も終わってしまうわな」と、父は残念そうだ。

聞けば、滅多にスーパーにも行かなくなり、最近は近所の小さな雑貨店で菓子パンを買って食べることが多くなったという。

「パンやのうて、総菜でも売っとればええんじゃけど」

さすがに年には勝てないのか、料理上手な母も、最近は毎日三回台所に立つのが億劫になってきたらしい。

翌日は秋晴れだった。

両親を後部座席に乗せて、車で十分かかる国道沿いの巨大ディスカウントチェーン店へ行った。食料品だけでなく、衣料品、蒲団、家具、自転車屋、本屋もあって便利だ。

「食パンはどこら辺じゃったかの」

母が目的の物を探す後ろを、カートを押しながらついていった。父はといえば、何度も来たことがあるはずなのに、まるで生まれて初めてスーパーマーケットを見た人間のようにきょろきょろしている。

あまりに広すぎて、どこに何があるかを見つけるだけで骨が折れた。五十代の自分でもこんなに疲れるのだ。両親も最初こそ楽しそうだったが、すぐにぐったりしてきたのが見てとれた。

それでもしばらくすると、カートの上下に載せたカゴは二つとも一杯になった。

レジで精算してから通路へ出た。

「眩暈がしそうじゃわ」と母が両瞼を押さえながら言う。

「腰が痛うなった」

父はそう言うと、自分一人だけさっさと壁際まで歩いていき、ずらりと並べられた椅子にドサリと腰を下ろした。

「もうすぐ昼だし、休憩がてら何か食べていこうか」

一階にはフードコートがある。両親が、ここで蕎麦やうどんを食べるのを楽しみにしていることに気づいたのは、この前帰ってきたときだった。田舎に住む両親にとって、ここでの食事が唯一の外食だった。

「このスーパーにもやっと少し慣れてきたと思っとったのに、残念なことだわ」

母はそう言うと、ラーメンを啜った。

「ほんになあ」と父も蕎麦を食べながら相槌を打つ。

何の話かと聞けば、今年度末でこの店は撤退するのだという。

「嘘だろ。そんなのアリかよ」

猛然と腹が立ってきた。「だって、この店は……」

頭にきて言葉が続かない。

このチェーン店の進出のせいで、駅前の商店は軒並みシャッターを下ろし、地元資本のスーパーも店じまいを余儀なくされたのだ。その後は、この巨大なディスカウントチェーン店が「何でも売っとる便利な店」として、町の命綱となって定着した。それなのに、全国展開しているチェーン全体の経営の合理化や効率化を理由に撤退するという。そんなこと今さら言われても、住民たちは困ってしまう。

「ずいぶん罪なことをするんだな」

「まるで竜巻やわ。町を一気に壊して去っていくんやから」と母も腹立たしげだ。

「踏んだり蹴ったりじゃないか」

怒りが収まらなかった。

大資本が好き勝手に町を荒らし、都合が悪くなれば去っていくなんて……。

しかし、父の顔に怒りはなく、とっくに諦めている様子だった。

「雅志、それが資本主義っちゅうもんじゃ」と、父が諭すように言った。

「そりゃそうかもしれんけど、なんぼなんでもアコギやろうが。人情ちゅうもんが欠けとるんじゃ」

興奮したからか、知らない間に口から方言が飛び出していた。

ここが閉鎖されたら、食料品や日用品を買うだけのために隣町まで行かなければならなくなる。車で二十分もかかるのだ。

「それにしても、今回は雅志が二週間もおってくれるとはなあ」

大資本に対する恨みで満ちた重苦しい空気を破るように、母がゆったりした声音で言った。

今までも、スーパー撤退の話を夫婦で散々してきたのだろう。これ以上は話したくないのかもしれない。考えても仕方のないことだし、怒りをぶつける先もない。

「こうやって三人でおると、雅志が子供の頃を思い出すわ」と父がしみじみと語る。

「雅志が田舎でのんびり過ごすんは、大学生の夏休み以来やないか？」と、母に笑顔が戻った。

「母さん、今回は長くいるから、盆正月みたいなすごい御馳走は作ってくれなくていいからね。朝は勝手にパンとコーヒーで済ませるし、昼は車であちこち見て回って食堂か喫茶店で食べてくるから」

「そうか、ほんなら夜だけ美味しいもん作ることにするわ。といっても、今日の夕飯は、さっき買った総菜と出来合いのサラダにさせてもらうけど」と母が言った。

「それで上等だよ。明日は俺が作るからね」

「それは楽しみじゃのう、なんかハイカラなもんが食べられるんかな」

具沢山の焼きそばかカレーを作ろうと思っていたのだが、母にそう言われたら、ハイカラなものを作らないわけにはいかなくなった。

15

急遽、グラタンの素と棒棒鶏ソースを買い足すことにした。

その日は朝から雨だった。

ひと雨ごとに秋が深まっていくはずだが、山々はまだ青々としていて、紅葉の兆しは見えない。

マンションの十三階では、雨が降っていることに気づかないことが多かった。激しい風雨が窓に叩きつけでもしない限り、雨の音は聞こえてこない。もちろん雨の匂いもしない。雨は土に染み込んで初めて、むせ返るような匂いを発するのだ。

マンション暮らしでは、朝の出勤時に、エレベーターで一階に下りてロビーを通って外に出て、そこで初めて雨が降っていることに気づく、ということがしばしばあった。そんなときは、急いで傘を取りに再びエレベーターで部屋へ戻るのだった。

そういう人間が増えたからだろうか。テレビの天気予報番組が増えた気がする。

雨が降っているからか、その日は父も母もずっと家の中にいた。父は新聞を隅から隅まで読んだら、あとはテレビを見るしかすることがないようだった。母は掃除と炊事があるから、独楽鼠のように働いていて、時間を見つけては納屋にいるトーマスの所へ行って餌をやり、何やら話しかけたりボールを放ったりして遊んでやっている。

田舎に二週間もいたら、きっと退屈でたまらないだろう。そう考えて、本や雑誌をどっさり持ってきていたのだが、不思議なことに読む気にならなかった。忙しくて時間のない暮らしの方が、隙間時間を利用しようとするのかもしれない。

翌日は早朝から晴れ渡っていた。早起きして畑を手伝うことを、東京を発つときから決めていた。それというのも、盆に帰省したときに、息吹が畑に連れて行ってもらったのが羨ましかったからだ。

三人で歩いて畑へ向かった。久しぶりに朝焼けを見た。東の空が赤く染まり、はっと息を呑むほどに美しい。土は朝露で湿り気を帯びていて、どこからか鳥の鳴き声が聞こえる。

子供の頃はあんなに嫌だった草取りを楽しく感じるとは思いもしなかった。自分もいつの間にか都会人になり、土に触れることがなくなってしまったからか、原点に戻ったような気持ちになった。

しかし、草取りが楽しかったのは最初のうちだけだった。普段の生活で中腰になることがないせいで、五分もしないうちに音を上げそうになった。いくらなんでも情けないので、背の高いトウモロコシ畑の陰に隠れて、土の上に腰を下ろした。

「雅志は全然役に立たんのう」

背後からいきなり母の声がした。

振り向くと、鍬を片手に仁王立ちになってこちらを見ていた。

「さっき来たばっかりやのに、もう休憩しとるんか。息吹の方が何倍もマシだわ」

「そんなこと言われたって、日頃はデスクワークのわけだから」

「身体がなまっとるにもほどがあるぞ。そんなことじゃ長生きせんぞ」

どこで見ていたのか、父が近づいてきてそう言った。

「親より先に死んだらあかんぞ」と母が脅すように言う。

口々に言われると、東京での生活が人間として根本的に間違っているように思えてきた。

午後になると、両親と山に入った。

竹で編んだカゴを背負って、アケビをたくさん採った。

家に帰ると、母が一つ一つ丁寧に庭の湧き水で洗い、自分はその横で水気を拭き取ってザルに入れていく。縁側で待つ父に渡すと、父は庖丁で縦半分に切り、ホワイトリカーと氷砂糖を入れた大きな瓶に沈めていった。

「一ヶ月半くらいしたら飲み頃になるんだ」と父が言う。

「アケビ酒は紫色になって、そりゃきれいなんじゃ」と母が嬉しそうに笑った。

意外にも、両親は日々の暮らしを楽しんでいるようだった。

息子から車の運転をやめるように言われて買い物もままならず、近所づきあいも少なくなり、もっと暗い暮らしをしているのだと思っていたが、どうやら早とちりだったらしい。

聞けば、歩いていける範囲だけでも、楽しみがたくさんあると言う。春はフキノトウやタラの芽を摘んで天ぷらにし、蕨の炊き込みご飯や行者ニンニクの醤油漬けを作る。そういえば、子供の頃、こごみの胡麻和えや山ウドの酢味噌和えを食べた覚えがある。親が元気なうちに、様々なことを教えてもらいたくなった。

「もう少ししたら、庭の無花果でジャムを作るんじゃ」と父が言う。

お金をかけずに楽しめるものがたくさんある。両親の楽しそうな表情を見ると安心感が広がった。

この穏やかな風景を壊してはならない。この二週間だけは自分がいるからいいようなものの、そのあと、車なしで両親はどうやって暮らしていくのだろう。通販もウィークリーマンションもダメだったのだ。

いったいどうするのが一番いいのだろうか。

事故を起こす前に、なんとかしなくては。

16

その日は、同級生に会いにいくと母に嘘をつき、こっそりハローワークに行ってみた。どんな求人があるかを知りたかった。

建物に入ると、パソコンがずらりと並べられていたので検索してみたのだが、自分がやりたいと思うような仕事はひとつもなかった。

求人はたくさんあるのだが、条件面がしっかりしたものはほとんどなかった。まともな給料をもらえるのは、医師や薬剤師、社労士などの国家資格を持った人間だけだ。希望条件が全て叶うとはさすがに思ってはいなかった。だが、この点は良くないが、あの点は良いというようなものさえなかった。この点もあの点も条件が悪すぎるといったもので溢れていた。零細企業しかないから仕方がないのか。

職種にしても、今まで自分がやってきた研究職など皆無だ。企画などの職もない。あるのは、介護や運送、営業や接客業、そして三交代制の工場勤務だった。

給与面にしても、本当にこの年収で食べていけるのかと思うくらい低く、いわゆるワーキングプアと呼ばれる年収帯に当たるものばかりだ。時給に換算してみると、都会のアルバイトの方がはるかに稼げることがわかる。ボーナスもないし、あっても一ヶ月分で昇給もない。年間休日数にしても、百四日以下の求人がほとんどで、そのうえ通勤手当の上限が低すぎるとなると、もう踏んだり蹴ったりだ。ただでさえ田舎はバス代が高いというのに。

いくら何でもここまで厳しいとは……。

仕事の内容はといえば、自分には能力的にも性格的にも向いていないものばかりだ。そもそも重労働の割に時給が安すぎて、働く意欲が湧かなかった。

それまで頭の中にあった、田舎に帰って会社に勤めるという選択肢を消さざるを得ない。かといって、洋二叔父の言葉を信じて起業するのは更に厳しそうだ。

「あれ？　雅志やないか、どうしたんじゃ、こんなとこで」

ハローワークのカウンター内から声をかけてきたのは、中学時代の同級生の遠藤だった。

「お前こそ、ここで何してるんだよ」

「俺はここの職員だがな」

暇なのか、カウンターから出てきて、隣の丸椅子に腰かけた。

「猪狩、まさかお前、仕事を探しとるとか？　田舎に帰ってきたんか？　嫁はんと子供も帰ってくるんか？」と、矢継ぎ早に質問してくる。

興味津々といった顔つきが鬱陶しかった。

「単なる帰省だよ。暇だったから、この近辺の求人はどんなもんかを見に来ただけ」

「なんや、そうやったんか。今はやりの大人の社会科見学っちゅうやつか」

そう言いながらも、遠藤は疑わし気な目でこちらをちらりと見る。

「この辺りで仕事を探すのは難しそうだね」

「そんなことあれへんよ。ほら、見てみい、ようけ求人があるやないか」

そう言って、遠藤はパソコン画面をどんどんスクロールさせていった。

「そりゃあ件数だけは多いかもしれないけど……」

「選ばんかったら仕事はなんぼでもあるのに、みんな我儘ばかり言うて、なかなか決めようとせんのだわ」

「我儘？」

「文句言わんとさっさと働けって言いとうなる」

「でもさ、人それぞれ向き不向きってもんがあるだろ？」

「あかんあかん、そんな甘いこと言うとったら、いつまでも仕事に就けん」

なんという心無いことを言うのだろう。遠藤のことは中学時代からあまり好きではなかったが、この歳になってもやはり好きになれそうにない。

時代にもよるかもしれないが、無職イコール怠惰という考えは間違っていると自分は思う。人にはそれぞれ得意分野や好みというものがある。いい歳をして野球の選手になりたいだとか、俳優になりたいなどと言っているわけではないのだ。

「資格も持っとらん、学歴もない、そんな人間が、偉そうにあれもイヤ、これもイヤなんて、いっちょ前のこと言うとるから、ほんま呆れる。働けるだけでも有難いと思ってくれんと、こっちも虚しい気持ちになるわ」

猛然と腹が立ってきた。仮に遠藤が一流企業で働くエリートなら、弱者の気持ちがわからないやつだと心の中から捨て去ることはできる。だが、遠藤はここの職員なのだ。

「だったら聞くけど、遠藤ならこの中から仕事を見つけられるのか？」

「俺？　まさか。ほんだって俺はハローワークの職員だから関係あれへんし」

そう言って、不思議そうな顔でこちらを見る。質問の意図がわからないといった素朴な顔つきだった。皮肉も通じないらしい。

「妻子を路頭に迷わせることはできんじゃろ。すぐにでも日銭を稼がんことには」

確かにそういう場合もあるだろう。だが……。

田舎暮らしに希望が見出せず、気分が沈む一方だった。

「俺そろそろ帰るよ」

そう言って、立ち上がった。

「猪狩、お前、いつまでこっちにおるんだ？　毎日が退屈で死にそうなんじゃ。田舎は面白いことなんて一個もないからの。だもんで、猪狩がこっちにおるうちに一回飲みにいかんか？　他にも何人か誘ってみるわ」

飲みに行ければ誰でもいいのだろう。

「俺を暇潰しの道具に使おうってか？」

「まあ、そんなとこじゃ」

遠藤は悪びれなかった。「ほんで、猪狩はいつまでこっちにおるんだ？」

「そんなこと、お前に言う必要ない」

そう言うと、遠藤は口をポカンと開けたまま、その場に固まってしまった。

我ながら大人げないと思った。遠藤に八つ当たりするのが間違っていることもわかってはいるが、気持ちを抑えられなかった。

帰りの車の中での気分は最悪だった。

それでも、雄大な夕焼けは、いつまでも眺めていたいほど美しかった。

県道の路肩に車を停めて、山の向こうに沈みゆく夕陽を眺めた。たったこれだけの風景が東京にはない。関東の方が山陰(さんいん)よりずっと晴天率が高いから、きれいな夕陽を見られる確率は高い。だが、その時間帯はいつも会社の中にいるし、土日は平日の疲れを取るために、遅い昼寝をしていることが多かった。

その日の夕飯は、松葉ガニだった。大きな蟹が三匹食卓に載っている。

毎年この季節になると、「浜のおばさん」と呼ばれる女性が大きな蟹を売りにくる。城崎(きのさき)温泉の高級旅館で出す蟹は、足が十本きれいに揃っていなければならない。一本でも欠けると旅館では出せないから格安となり、浜のおばさんが近くの市町村を回って売りにくるのだった。

子供の頃からこれを食べるのが楽しみだった。茹でた蟹を、シンプルにポン酢と七味で食べるのだが、これが実にうまい。

「ヒマワリ号が来てくれたらええのになあ」

母は、殻から蟹の身を器用に取り出しながら言った。

「母さん、ヒマワリ号って何のこと?」

「移動スーパーやがな。隣の町には来とるらしいよ。便利でごっつい助かるって美代(みよ)ちゃんが言うとった」

美代ちゃんというのは、母の小学校時代の同級生だ。以前は、ちょくちょくおしゃべりをしに家に来ていたが、膝を痛めてからはとんとご無沙汰(ぶさた)らしい。

「どんなものを売ってるの?」

「何でも売っとる」

「何でも?　だって、そんなにたくさん大八車(だいはちぐるま)には載せられないだろ?」

そう言った途端、両親揃って笑い出した。何がおかしいのかと、蟹から顔を上げると、母が言った。「大八車っちゅう言葉、久しぶりに聞いたわ」

「だったら、リヤカーって言えばいいのか？」

そう尋ねると、両親の笑い声は更に大きくなった。

「雅志も古い言葉を知っとるんやなあ」と、父がまだ笑っている。

「だって俺が子供の頃は、行商人がたくさんいただろ。魚を売りに来るおじさんもいたし、花を売りに来るおばさんもいたよ。ままごと用のミニチュアの家具を売りにきたこともあったよね。あの人たち、みんな大八車だったじゃないか」

「そんなん大昔の話じゃわ。今どきは軽トラと決まっとる。今あんたが食べよる蟹を売りにきた浜のおばさんも軽トラを運転してきたよ」と母が言う。

「へえ、今どきはそういうもんなのか。で、その移動スーパーのヒマワリ号って？」

両親と話しているとどんどん話が膨らんでいって、もとは何の話だったのかがわからなくなる。会社での会議も毎回そうなってしまい、延々と長引いた末に、結論が出ないということがしょっちゅうだった。

両親との話なら脱線しても楽しいが、会議は何とかならないものかと思い続けて何十年も経つ。やるべきことをちゃちゃっと済ませて定時に帰ってプライベートを大切にしたい。若いときはそう思っていたが、いつ頃からかすっかり諦めの境地に至っている。

「小型のトラックに、野菜や肉や魚なんかをめいっぱい積んで集落を回ってくれるんよ。食べ物以外にも、トイレットペーパーやら洗剤なんかの日用品もあるんじゃ」

「なんだ、早く言ってくれよ。そんな便利なのがあったのかよ。だったら、そのヒマワリ号とやらに、この近所も回ってくれるよう頼めばいいじゃないか」

何だったんだよ、今までの俺の苦労は。

そう思うと、馬鹿馬鹿しくなってきた。

「どうやって頼むんじゃ？」と母が不思議そうに問う。

「明日、俺が電話してみるよ」

「ほんとに？　電話で頼んだら来てくれるんか？」と母が目を輝かせる。

「いやいや、母さん、期待せん方がええよ。雅志も余計なこと言うて、年寄りを糠喜びさせんでくれ」と父が続ける。「この近辺に未だに来てくれんっちゅうことは、採算が取れんっちゅうことなんだ」

「父さん、それはおかしいで。ほんだって、ここら辺は美代ちゃんの住んどる地域と何も変わらんもん」

「ん？　そう言われたらそうやな。あそことここではどこが違うんやろな」と父も首を傾げている。

「とにかく俺、明日電話してみるよ。ダメ元で聞くだけは聞いてみる」

そう決まると、三人とも蟹を食べることに集中した。

蟹を啜る音と、鈴虫と蟋蟀の鳴き声だけが聞こえてきた。


翌日も、早朝から畑でひと仕事終えてから——といっても役に立っているかどうかは微妙だが——一旦帰宅して三人で朝食を取った。父はご飯と味噌汁、母と自分はチーズトーストとコーヒーだ。

食べ終えると、スマホで「ヒマワリ号」を検索して電話をかけてみた。

——申し訳ございません。お客様のお住まいの地域には、今のところお伺いする予定はございませんので。

傍にいた両親にも聞こえるようにスピーカーフォンにした。たぶん、声の主は中年の女性だろう。面倒見の良さそうな優し気な声音だった。

「何とかなりませんか？　ここら辺も老人ばかりで、買い物難民がたくさんいるんです」

母だけでなく、期待するなと言った父までが、湯呑みを両手で包み込んだ姿勢で微動だにせず、真剣な顔つきで耳を傾けている。

——こちらといたしましても、お伺いしたいのはやまやまなんですが、残念ながら人手が足りないんですよ。最近は、少子化のせいで、どこもかしこも人手不足だ。

「そうですか。残念です」と言いながら母に目をやると、「意気消沈」を絵にかいたような、しょんぼりした顔つきをしていた。こちらまでつらくなってくる。だから言った。

「そこをなんとかお願いできませんか」

言っても仕方のないことだとはわかっていた。だが、期待が大きかっただけに、両親だって簡単には諦めがつかないだろう。結果は同じでも、しつこく粘ってみたがダメだったという方が、モヤモヤが少なくなると頭の中で計算していた。

――以前から求人は出しているんですけどね、なんせ応募してくる人がいないもんで、仕方がないんです。

親切そうだった声に、やや苛々が混じってきた。

「ですが、隣町には来てるって聞きました。こっちまでほんの少し足を延ばしてくれたら助かるんです」

そう言うと、大きく息を吐く音が聞こえてきた。

――無理です。一台でそんなに広範囲を回れませんから。すみませんが忙しいので、もういいですか？

そう言って、電話を切ろうとする。

「買い物難民を見捨てる気ですか？」

言ったそばから後悔した。これじゃあまるでクレーマーではないか。

だが、それだけ必死だったのだ。

――そこまでおっしゃるなら、お客様自身がヒマワリ号を始められたらどうですか？　こちらとしては大歓迎ですよ。

頭にきたのか、皮肉な笑いを含んだような声音だった。

「は？　何を言ってるんですか」

――さっきも言いましたけど、うちはいつでも運転手を募集してます。なんなら一度こちらに話を聞きにいらっしゃいませんか？

「いや、まさか。僕はたまたま帰省しただけでして、普段は東京で会社員をやってりますので」

――あれ？　もしかして、猪狩くんやない？

「えっ？」

――やっぱり、そうやろ。昨日、ハロワの遠藤のアホから聞いた。猪狩くんが帰省しとるって。もしもし、私、藤本聡美(ふじもとさとみ)だよ。旧姓は佐々木(ささき)。

「えっと……中学の時の？　確か陸上部だった？」

——嬉しいわあ。陸上部やったことまで覚えとってくれたとは感激。私ね、ヒマワリ号の事務局でパートしとるんよ。猪狩くんはいつまでこっちにおるん？　へえ、すごい。そんな長いことおるの？　もしかして馘になったんか？　アハハ、違うわな。だって、あんたごっつい頭良かったもんなあ。まっ、どっちにしても久しぶりにプチ同窓会しような。

「あっ、いや、それは」

聡美とはほとんど話をしたことがない。その聡美の仲間たちとプチ同窓会と言われても、あまり行く気がしなかった。

——猪狩くん、明後日はどう？　私が居酒屋に予約しとくよ。敏彦と哲也にも声掛けてみる。アイツら暇やし絶対来ると思う。

「えっ、哲也も？」

哲也とは中学時代に仲が良かった。最後に会ったのは、二十年以上も前の同窓会だ。哲也が来るなら行ってもいいか。

——県道沿いに居酒屋ができたんよ。そこでええよね。白木のテーブルがきれいで広めやし、うん、そうするわ。

聡美が勝手に決めていく。相変わらずおしゃべりで軽い雰囲気が、中学時代とちっとも変わっていないので、懐かしいような気持ちで、自然と笑みがこぼれた。話をしたことはほとんどなくても、三年間も同じ中学で過ごせば、性格はなんとなくわかる。

「もしもし、佐々木さん、居酒屋に予約するのはちょっと待ってくれよ」

そう言いながら後ろを振り返った。「母さん、うちに同級生を呼んでもいいかな」

そう尋ねると、母の顔がパッと輝いた。「もちろん、ええに決まっとるがな。何人でも来てもらってちょうだい」

「もしもし佐々木さん、居酒屋じゃなくて俺んちでやろう」

無性にこの家に人を招き入れたかった。

この家には、他人が持ち込む空気が必要だ。家は風通しよく造られているのだが、他人が入らないことによって空気が淀んでいるような気がしてならなかった。

博之の父親が起こした交通事故のことを両親が知らなかったのを思い出すたび、両親を田舎に残して東京で働いていることの罪悪感が胸に突き刺さる。そのうえ料理上手の母が菓子パンを食べることがあると聞いて、危機感が募っていた。夫婦二人で顔を突き合わせてばかりでは煮詰まるし世間も狭くなる。なんでもいいから新しい風を入れたかった。

——本当に猪狩くんの家に行ってもええの？　本当の本当？　いえーい、私、絶対行く。ほんだって、みんな猪狩くんの家が大好きやもん。えっ、なんでって？　そりゃあ今も古民家に住んどるなんて、ほんとみんな羨ましがっとるもん。私な、一回でええから猪狩くんの家の中見てみたいって子供の頃からずっと思っとったんよ。囲炉裏があるって噂で聞いたことあるけど、ほんとにあるん？

聡美は、子供みたいにはしゃいでいた。

17

庭に車が停まる音がした。

縁側に出てみると、後部座席から男性が二人降りてきた。

「猪狩、久しぶりやな」

そう言ったのは敏彦だ。中学時代と比べて横幅が二倍くらいになり、髪が薄くなった。その一方、敏彦の隣に立っている哲也は、びっくりするほど中学時代と変わらなかった。

助手席からは聡美が降りてきた。中学時代は痩せっぽちだったはずだが、今では体格が良くなり、雰囲気も中年のおばさん然としていて、陸上部で活躍していた面影は見当たらない。

最後に運転席から降りてきた女性には見覚えがなかった。たぶん、敏彦か哲也の妻なのだろう。細マッチョというような体つきをしていて、日に焼けているからか、精悍な雰囲気が漂っている。

「こんばんは。おじちゃん、おばちゃん、図々しく来てしまってごめんね」

はきはき言ったのは、聡美ではなく、見覚えのない方の女性だった。

横顔を見つめていると、「まさか、猪狩くん、私が誰だかわからんの？」と、こちらに向き直った。

「え？　いや、その……」

「千映里のこと、覚えとらんのか？」と敏彦が尋ねた。

「いや、まさか。やっぱり千映里……さんだったか」と、何とかごまかした。

当時の女子は「子」がつく名前がほとんどだったから、名前だけは漢字を含めて印象に残っていた。だが、自分の知っている千映里とは似ても似つかなかった。勉強でもスポーツでも目立つことのない地味な子だったように覚えている。いや、それよりも、中学時代はもっと太っていたのではなかったか。色白で丸顔だったこともあり、陰で白豚と呼んでいる男子もいた。

「いらっしゃい」と母は笑顔だが、父は、どこに身を置けばいいのかと、うろうろしている。

「酒はこれくらいで足りるかな」

そう言いながら、敏彦が早速ビールやワインを座卓に並べている。

聡美の提案で、おつまみはそれぞれ一品を持ち寄ることになっていた。

――猪狩くんは場所を提供してくれるんやから、何も用意せんでええからね。

聡美から念を押されていたので、座布団だけ並べておけばいいと、母には何度も言ったのに、母は朝から張りきって何品も料理を作り、父は奥の部屋に大きな座卓を縦に二つ並べ、何時間も前からいそいそと取り皿や割り箸を並べてくれていた。

「久しぶりやね、千映里」と言ったのは聡美だった。

「敏彦と会うの、何年ぶりやろ」と言ったのは哲也だ。

久しぶりという言葉は、帰省してきた自分に発せられたのではなかった。

「みんな同じ町に住んでるのに会ってないのか?」

「会わんよ」

「でも、ばったり道端で会うってことはあるだろ?」

両親が誰とも話をしておらず、噂さえ知らないことが気にかかっていた。

「猪狩くん、道端って、例えばどこらへん?」と、聡美が逆に尋ねた。

「わいら、どこ行くんも車やから、道で偶然会って立ち話するっちゅうことは、ほとんどないんだわ」と、哲也がわかりやすく説明してくれた。

哲也は中学時代から寡黙な男だったが、口を開けば理路整然としているのは相変わらずだ。哲也は天才的に理数系ができたのに、運動神経が鈍いせいで自分と同じ高校には行けなかった。

高校進学時の内申書は、体育や音楽や美術や技術家庭の評価に重きが置かれていて、いくら勉強ができてもそれらができなければ県立の進学校には受からない。その後、哲也は町内の三流高校に進学した。それから哲也の考えがどう変わったのかは知る由もないが、大学へは行かず、京都のコンピューターの専門学校に進んだ。卒業後はIT関連の企業に就職したが、殺人的残業時間で身体を壊し、三年で実家に帰ってきた。

中学生の頃は、自分と同じようにロボットや宇宙開発に興味を持っていたはずだが、今では陶芸家の父親の後を継いでいる。

――茶碗（ちゃわん）なんか焼いても面白うもなんともない。

中学時代はそう言って、後を継いでほしいと願う父親に反発していた。そんな哲也と比べ、自分は当時から自由だった。一人っ子だったが、将来は好きな道に進むよう両親から言われていた。子供に後継者になることを押しつけない両親を誇りにさえ思っていた。

それなのに、後を継いだ哲也を羨ましいと思う日が来るとは思いもしなかった。あの当時は、陶器を作る人を職人だと思っていて、芸術家などと思ったこともなかった。だが、哲也の祖父の死をきっかけに、近隣住民の意識は一変した。いったい何ごとが起きたのかと思うほどの盛大な葬式だった。何百人もの人が焼香の列に並ぶ葬式を、近所の人々は生まれて初めて見た。列をなしているのは、喪服姿の真っ黒な集団なのだが、何とも言えない洗練された着こなしで、一目見て都会から来た人々だとわかった。

——茶碗を焼いとったあの爺さんなあ、タダ者やなかったらしい。なんや日本芸術院ちゅうとこの会員やったらしい。国から勲章ももらっとったらしい。

近所のおじさんがそう言っているのを聞いた。

その十数年後に、哲也の父親も会員に選ばれたが、いつの間にか祖父の葬式の印象が薄れ、今また「茶碗を焼いている親父」くらいにしか思われなくなっている。田舎では、文化的価値に対する認識がまだまだ低いと思うのはこういうときだ。

「古民家って風情がってええなあ。住んだことないのに懐かしい気がする」

千映里はそう言って、家の中を見渡している。

「ほんになあ。疲れたら畳の上に寝ころべるしの」と敏彦も嬉しそうだ。

東京では家に人を呼ぶことが少なくなったが、こんな田舎でさえ、会うとなると町まで出ていって喫茶店に入るという。

東京と違って通勤時間も短いから時間的余裕もあるのだろうし、それぞれに広い土地を持っていて羨ましかった。だが、そんな恵まれた境遇にいながら、誰ひとりとして有効利用していないように見えた。残業がないなら夕方から集まってバンド演奏だって楽しめるし、家に広い庭があるのだから卓球台も置ける。そのうえ空き地もあちこちにあるのだから草野球だってできるし、河原でバーベキューをしたり、土手をジョギングしたり……。

他人事ながら、何もしていないのがもったいなく思えて仕方がなかった。

それとも、そういうのは都会人のたわごとに過ぎないのだろうか。

それにしても、ここまで知り合い同士の交流がないとは思いもしなかった。東京のマンション暮らしだけではなく、田舎でも家族だけの閉じた暮らしをしているらしい。

なるほど。そういうことか。

自分の郷里なのに、「戻りたい町」ではなくなってしまった理由が、今やっとわかった。田舎には面白い遊び場も洒落たレストランも大きな本屋もなくて魅力がない。だから自分は戻りたいと思わないのだとずっと思ってきたが、そんなことではなかった。本当の理由は、人々の交流がなくなってしまったことだ。

自分が生まれ育った集落とは思えないほど、よそよそしく感じられる。

もしも自分の子供時代と同じ光景――境内で子供たちが遊び、縁台では老人たちが将棋を指し、車の通らない道路では小学生がバドミントンやドッジボールに夢中になり、奥さんたちは井戸端会議をしていたり、老若男女を問わず互いの家を頻繁に行き来したり、夏は家の前の道路を占拠して一斉に畳の虫干しをしたり、冬には協力し合って雪かきをしたり――がそのまま残っていたとしたら、どれほど魅力的だったろう。

あの当時の賑わいはもう二度と戻ってこない。

「おじちゃんもおばちゃんも、こっち来て一緒に食べようよ」

そう言ってくれたのは、聡美だった。

父も母も遠慮しているのか、隣の部屋にある囲炉裏の傍に座り、奥の部屋には入ってこなかった。といっても、襖は開けっ放しだから、丸見えで声も筒抜けなのだが。

「いやいや、私ら年寄りはこっちでええわ」と母が遠慮している。

「おばちゃん、何を言うとるの。こんなにようけ美味しそうな御馳走を作ってくれたんは、おばちゃんやろ」

そう言って千映里は立ち上がると、母の腕を引っ張って強引に奥の部屋へ連れて来た。「さあ、おじちゃんもこっち来て」

「そうか、ほんなら、遠慮なく」と父も笑顔で部屋に入ってきた。

女性たちの気遣いが嬉しかった。

ふと、そのとき、息吹がこの場にいたらいいなと思った。息吹に自分の同級生を会わせたこともないし、今後も機会があるとは思えなかった。

自分は、父や母の同級生や友人や知り合いをたくさん知っている。近所に住んでいる人も多いし、都会暮らしの人であっても、盆正月の帰省時に訪ねてきてくれる。親の同級生に会ってどうなるものでもないが、両親の交友関係を知っていることで、親に対する理解も少しは深まっていると思う。

乾杯が終わると、お決まりである同級生の噂話から始まった。

——今アイツは何やっとるのか。

次々に出てくる懐かしい同級生の名前を聞いていると、中学生の頃にタイムスリップした気分になった。

「木内も田辺もすごいのう」

聞けば、木内は空き家を利用して民泊を経営しているらしい。最初は母方の実家の一軒から始めたが、今は五軒を運営していて、外国人観光客に人気があるという。

そして田辺は、ピオーネの販売で御殿を建てた。それも、ネット上のフリーマーケットという元手のかからないお手軽な方法だというのが驚きだ。

そういえば……。

洋二叔父と話したとき、叔父の成功は時代に恵まれていたからではないかと遠回しに言ってしまったのだった。高度成長期だったことが後押しをしてくれたんじゃないかと。

そのとき叔父は、はっきりと言った。

——あんなに好景気のときでも、事業に失敗したもんはようけおったぞ。逆に、不景気でも隙間産業で儲けとるもんもようけおる。

「小山ミキも頑張っとるしな」と、聡美が言った。

小山ミキは女優になった。あまりテレビで見なくなったと思っていたら、最近になって「美人女優」から「人生相談オバサン」に路線を変え、バラエティ番組で引っ張りだこだ。同級生が成功している噂を聞くと、こちらも勇気を鼓舞される半面、妙に焦ってしまう。

父や母はと見ると、二人とも興味津々という顔つきで、感心したり驚いたりしている。息子の同級生だけでなく、その親や祖父母の代まで知っているから、聞いていて楽しいのだろう。

果たして自分は、息吹の友人の名前を何人言えるだろうか。名前と顔が一致するのは、たぶん一人か二人だ。それも小学校時代のことで、中学以降の友人は一人も知らない。私立に進学して電車通学になったことで、同級生たちが近所の子供ではなくなった。そしてその親や祖父母となると全くわからない。

自分が子供の頃と、何もかもが変わった。たった三世代の間で、生まれ育った環境が大きく違ってしまった。

「猪狩くんもヒマワリ号をやったらええのに」

何を思ったか、千映里がいきなりそう言った。

「あほんだら。猪狩がヒマワリ号なんてやるわけないやろ。嫁はんも子供も東京におるのに。なあ、猪狩」と敏彦が言う。

「うん、俺には無理。で、そもそもヒマワリ号って、どういう組織なの？」

聡美に聞いたつもりだったのだが、「それは私が説明するよ」と、千映里が引き取った。聞けば、ヒマワリ号の運転手になって五年になるのだという。

「なんなら、私の一日を話してみよか。それの方がてっとり早いやろ」

そう言うと、千映里はサイダーをごくりと飲んだ。運転してきたところを見ると、酒は飲まないつもりで来たのだろう。

「私は毎朝、スーパー但馬屋（たじまや）に行って、食品や日用品をトラックに積み込むの。それは買い取りじゃなくて、スーパーから預かる形式なんよ。だから仕入れのリスクがないわけ。ほんで、売れ残ったらスーパーに商品を返品できるの」

「返品できるんは大きな強みじゃの」

父が感心したように口を出した。

「おじちゃん、そうなんですよ。もしも買い取らんといけんとなったら、生鮮食品はなるべく仕入れたくない、となる。返品できるからこそ新鮮なものをたくさんトラックに詰め込むことができるんです」

千映里が説明する。

「つまり、販売代行ってことですよ」

事務局で働いている聡美がつけ加えた。

「ほんで、肝心の稼ぎはどうなっとるの？」と敏彦が尋ねた。

「うちら販売パートナーは歩合制なんよ。売り上げの十七パーセントをもらっとる。それと、プラス十円ルールというのがあって、それが収入に加算されるんよ」

千映里の話によると、トラックに積んだ商品は、スーパーの値段より十円高く売るという。一個百円のものは百十円に、一個千円の物は千十円となるらしい。客が負担する十円の半分がスーパーに入り、残り五円が販売パートナーのものになる。

「この世知辛い世の中で、みんな一円でも安いものを求めとるんやないかなあ。十円を割高やと感じる人もいるんやないか？」と敏彦が言う。

「そんなことあれへんわ」

母が即座に言った。「たった十円なんて、どうっちゅうことないわ。遠いスーパーまで行くことを考えたら安いもんやわ」

一円でも安いものを求める反面、便利さやスピードをお金で買う時代になった。どちらを選ぶかは人それぞれだろう。それが証拠に、コンビニエンスストアの商品は総じて割高だが、それでも利用客は多い。うちのマンションのすぐそばにあるから、息吹も自分たち夫婦も頻繁に利用している。

「十円なんて安いもんじゃ」と父も言った。「わざわざ家の前まで売りに来てもらって、たったの十円上乗せしただけじゃ申し訳ないくらいじゃわ。十個買ってもたった百円の上乗せじゃろ」

「百円は大きいけどな」

敏彦はまだ納得しない。

「ヒマワリ号が来ることで車が必要なくなったら？」と言いながら、哲也は敏彦を見た。「維持費やガソリン代が浮くぞ」

「なるほど、それやったらわかる。十円上乗せなんか安いくらいじゃ」

そう言いながら、敏彦がやっとうなずいた。

「ほんで、千映里は儲かっとるんか？　ちゃんと生活できとるの？」

そう言って、敏彦が心配そうな顔をして千映里を見た。

聞けば、千映里は十年ほど前に離婚して実家に身を寄せているらしい。実家の父親は数年前に亡くなり、今年二十七歳になった娘は大阪で働いているが、下の娘はまだ高校生だという。今は母親と娘と三人暮らしだ。

「大丈夫。生活はなんとかなっとる」と千映里は誇らしげな顔で答えた。

中学を卒業して四十年近くが経つ。その間、人それぞれに悲喜こもごもの人生があったのだろう。千映里は苦労を乗り越え、贅肉が削ぎ落とされて逞しくなったのだ。

「ほんで、結局は月になんぼくらい儲かっとるんだ？」

敏彦が遠慮なく尋ねる。

「儲けは人それぞれやわ。びっくりするほど儲けとる人もおるし、ガソリン代を引いたらなんぼも残らん人もおる」

「で、千映里はどれくらい儲けとるの？」と、敏彦はしつこい。

「そんなプライベートなこと、なんであんたに言わなあかんの？」

言葉の強さとは違い、千映里は明るく笑いながら言い返した。

「あ、ごめん。千映里はシングルマザーやから心配になって」

敏彦は言い訳がましく言った。

「嘘つけ。シングルマザーやから心配だなんて」

そう言ったのは聡美だった。「千映里がごっつい儲けとるって噂を聞いたんじゃろ。ほんやから知りたくなっただけじゃ」

「いや、まあ、その……」

敏彦がしどろもどろになった。どうやら千映里は噂になるほど稼いでいるらしい。ガソリン代を払ったらカツカツという人間もいるというのなら、どこで差がつくのだろう。

「しかしまあ最近の女のパワーはすごいのう。女でトラックの運転手をやっとるのもおる。この前も、飲み物の自動販売機の入れ替えしとるのが女やったからびっくりしたわ。あんな重たいもん、よう運ぶなあって感心したわ。ほんま逞しい。この前、ニュースで総理大臣が言うとったわ。女性の社会進出がどんどん進みよるって」

「どこまでも能天気なんやな、敏彦って」

千映里は呆れたように言った。

中学時代の大人しい印象は何だったのか。人間とはこうも変わる。それとも、もともとこういった性格だったのか。

「なんで俺が能天気なんじゃ」

敏彦がムッとしている。

「ほんだって、力仕事がしたいと思う女がこの世の中のどこにおる？　働かんと食べていけんからやっとるだけでしょ。生活のためにはなりふりかまっておれんのよ。肉体労働なんて誰だってつらいに決まっとる」

自分一人の肩に家計が重くのしかかっている。そんな苦労が偲ばれる言葉だった。

みんなもそう思ったのか、場がシンとした。

「ほんで、ヒマワリ号の話の続きやけどね」

千映里の明るい調子が沈黙を破った。「ヒマワリ号をやるとしたら、最初に車を買わんとならんのよ。特別仕様やから三百五十万円もする。そのお金が用意できんで二の足を踏む人が多いんよ」

小さめのトラックを買い、専門業者に依頼して改造するという。荷台の半分を冷蔵庫にして残りは陳列棚にする。塗装は、遠くからでも目立つパステルカラーで、野菜や肉や魚を擬人化した可愛らしい絵が描かれるらしい。

「千映里は、そんな大金、持っとったのか?」と、敏彦が尋ねた。

「全額ローン。お母ちゃんに大反対されたけど、昔から向こう見ずやから」

そう言って明るく笑う。とっくにローンは返済済みという顔つきに見えた。

スーパーと契約して代行販売を行う千映里のようなのを販売パートナーと呼ぶらしい。ヒマワリ号を運営する元締めの会社は、スーパーからロイヤリティが入るが、月に五万円という驚くほどの少なさだという。買い物難民を救うことを目的としていて、儲けは度外視しているとしか思えない。

「物を売るだけやないよ。地域の見守りも兼ねとるんよ」

千映里が誇らしげな顔をしたからか、途端に胡散臭く感じてしまった。

そもそも日々の生活に追われる中、みんながみんな自分のことで精いっぱいだ。赤の他人を心配する余裕なんてあるわけがない。それなのに、見守りを兼ねているなどと堂々と言ってしまう鈍感さが好きになれなかった。

「見守りっていってもさ、例えばどんなことをしてるわけ?」と尋ねていた。

今ここで具体的な例を出してみろと言わんばかりに、挑戦的な言い方になってしまった。だが、千映里はこちらの気持ちには気づかないらしく、楽し気に話しだした。

「例えば最近では、買い物に来たおばあさんの顔色がひどう悪うて、ふらふらしてたんで、すぐに地域包括支援センターに電話したんよ。そしたら担当の人が駆けつけて病院に連れてってくれたから大事には至らんかった」

「ふうん、他には?」

「お客さんの家に何回電話してもつながらんときがあって、なんや嫌な予感がしたから、そのときは思いきって警察に電話したんよ。そしたら、そのおばあさんは足をくじいて電話のところまで行かれん状態やった」

「そもそもなんで、そのおばあさんに電話したん?」と母が尋ねた。

「いつも買い物に出てくるおばあさんが、その日はヒマワリ号の音楽が鳴っとるのに出てこんかったからです」

「そんなんいちいちチェックしとるんか?」

哲也が驚いたように尋ねる。

「その日はたまたまお届け物があったんよ。チラシに載っとる長靴を次回持ってきてほしいと頼まれとった。そういう注文を受けたときに初めて電話番号と名前を知ることになるんだけどね」

「千映里は親切やし、ようやっとると思う」と、聡美が褒める。

「中には、都会におる子供さんの電話番号を私に託す人もおるよ」

「頼りにされてるんやね」と、母が感心したように言う。

「この前は、独り暮らしやのに食パンばっかり大量に買うおばあさんがおって、もしかしてボケ始めとるんやないかと思った。失礼じゃと叱られるかもしれんとは思ったけど、やっぱり心配やったから、名古屋(なごや)におる娘さんに電話して帰ってきてもらったんよ」

「そんなことまで面倒みとったらキリないじゃろ」

今度は敏彦の方が呆れたような顔をする。

「こんな私でも人の役に立っとると思うと嬉しいもん。ヒマワリ号が来る地域のおじいさん、おばあさんは、みんな元気になるしね」

千映里は嬉しそうに笑ってそう言うと、母が作ったサツマイモの天ぷらにかぶりついた。

「元気になるって、なんでだ？　新鮮なもんが食べられて健康になるっていうことか？」と、敏彦が問う。

「それだけやない。明るい気持ちになるみたい」

過疎の集落にヒマワリ号が来る意味は、都会に住む自分の想像を超えるものらしい。

「おじちゃんとおばちゃんは、普段の買い物はどうしてるの？　まだ車を運転しとられるの？」と、聡美が父に尋ねた。

「こいつに運転を止められとる」

そう言って、父がこちらを指さした。「わしはまだまだ頭もしっかりしとるのに」

「高齢ドライバーの事故が問題になってますからね」

哲也が助け舟を出してくれた。

「だってほら、博之の親父の事故だって」

博之一家は、親戚を頼って京都府の宮津市に引っ越したと聞いていた。

「博之はあれからどうしてるんだろう」

何度かメールを出したが返事が来なかった。

「博之も苦労するなあ。俺らの年で働き口を見つけるのは難しいだろ」と敏彦が言う。

「博之こそヒマワリ号をやったらええのに」

千映里がつぶやくように言った。

「あいつ、親と同居しとったやろ。それやのに、認知症の親父の運転を見て見ぬふりしとったらしいぞ」と敏彦が言う。

「本当に認知症やったんやろか、そうは見えんかったよ」

博之の近所だった聡美が言うと、母は我が意を得たりといったように大きくうなずいた。

「あの検査方法はおかしいもん。あんなんじゃわからんよ」

母の語気が強い。

「若いもんだって事故を起こすのに、お年寄りばかり目の敵にして、最近のマスコミの偏り方はひどいですね」

哲也はそう言って母を見た。

「老人イジメやわ」と、聡美が続ける。「私らが若かった頃も、女のドライバーはどんくさいから迷惑やって、男どもは言うとったよ。今考えると、ほんま腹立つわ」

聡美は、そう言うと、ビールをごくりと飲んだ。

「敏彦、なんでさっきからニヤニヤしとるん？　感じ悪っ。あんた、今日は千映里に運転してきてもらったやろ。千映里の運転をどう思った？　どんくさかったか？」

聡美の迫力に気圧されたのか、敏彦はたじたじとなった。

「いや、まさか。千映里の運転はごっつい上手いと思ったよ。鋭いっていうのか、スマートっていうたらええのか、まるでカーレーサーみたいじゃった。ほんでも……前の車にぴったりつけるんが、暴走族みたいでわしは恐かった」

敏彦の言葉に、千映里はアハハと声を出して笑った。「車と一心同体になっとるだけ」

「一心同体とはすごい」と、哲也が感心したように言う。「車の運転なんて誰にでもできると思ってたけど、年齢や性別には関係なく、向き不向きがある。そのことは、教習所の教官になって初めて知ったよ」

「えっ、教官？　哲也、お前、教官なのか？　あれ？　親父さんの後を継いで陶芸家になったんじゃなかったのか？」

「継いだけど、うまくいかんかった。手先は器用なんじゃがセンスがない。やから、辞めた。もうだいぶ前のことじゃ。僕の代わりに妹が継いどるよ」

「そうだったのか。知らなかったよ」

　みんなそれぞれに試行錯誤して生活の糧を探しているらしい。どこで暮らしても楽ではなさそうだ。

「交通事故はここ十年で半分近く減っとるって聞いたよ。それに、最近は軽自動車でさえ自動ブレーキが標準装備されとるから、これからもっと減っていくんやないやろか」と聡美が言う。

「正確には、衝突被害軽減ブレーキといって」と、哲也が落ち着いた声で説明しだした。「レーダーやカメラで、前を走る車や障害物の位置を把握する。ほんで、衝突の危険性がある場合は、運転者に警告音を鳴らすんじゃ。そうなっても、まだブレーキを踏まん場合は、強制的にブレーキがかかる。車線からはみ出したら警告音が鳴るのもある」

「そら便利やな」

　父はそう言いながら、日本酒をひと口飲んだ。

「聡美が言うた通り、事故の件数は減っとります。飲酒運転の罰則が強化されたこともありますしね」と哲也が言う。

「そうそう。車で来とるんがわかっとって店が酒を出したら店側も罪に問われるからのう」と言った敏彦は、あまり酒に強くないのか、顔が真っ赤だ。

「酒酔い運転の助手席や後部座席に乗っとるだけでも同乗罪を問われるからの」

　父がそう言うと、母は大きくうなずいてから言った。「昔は、『まあまあビール一杯くらい、どうってことないわ、固いこと言わんと』とか何とか言うて、酒を勧めよった時代があったもんじゃが、今じゃ信じられんわ」

「車体も格段によくなりましたよ」と哲也が言う。

　思い出してみれば、昔の車はハンドルが重くて、ブレーキの踏み応(ごた)えも今ひとつだった。エンジン音も大きくて、アクセルを踏んでも反応が遅かったように思う。

「車体の軽量化と強度化が進んだから、運動性能も急速に向上したんだ」

　哲也は、こちらの心に浮かんだ疑問に答えるように説明してくれた。

「エアバッグがついたのも大きいよね」と聡美が言う。

技術革新が進み、どんどん事故が減っていることは事実だろう。だが、年寄りの運転に関しては、このままの状態ではまずい。小学生の列に突っ込むような悲惨な事故が増えている。

「年寄りの運転は危ないかもしれんけど、それでも体力が落ちてくると、車が頼りになるからのう」

「おばちゃん、運転も意外と体力を使いますよ」と哲也が続ける。「普段は意識しとらんかもしれんけど、例えばブレーキを踏むと車体は前のめりになるし、加速すると後部が沈み込むし、カーブのときは左右に傾くんです。そういうのをドライバーが全身で受け止めてるんです」

「言われてみればなるほどやな」と、父がうなずいた。

「つまり、ドライバーは、車体の傾きに負けんよう踏ん張っとるってことやね」

千映里がわかりやすく言ってくれたので、免許を持たない母もうなずいた。

「そう、その通り。アクセルをずっと踏み続けるのがしんどいと言う小柄な人も少なくないですよ。床からかかとが離れている状態がずっと続いてるから疲れるって。お年寄りは小柄な人が多いですしね」と、哲也が言う。

やはり年寄りは運転をやめた方がいいという流れになってきた。

「そうや、母さん、あの切り抜きどこにやった？」

また始まった。

母が「よっこらしょ」と言って立ち上がり、箪笥の上から新聞の切り抜きを持ってきた。

「ほら、ここに書いてあるぞ。『交通事故死は、ピークだった一九七〇年と比べたら四分の一以下』やと。『八十代でも規則を守って堅実で慎重な運転をしている人は多い。ここからが重要じゃ。若者のように競ってスピードを出して事故を起こすことはない』とな。その通りじゃとわしも思う」

前回とは違う記事だった。高齢ドライバーを擁護するような記事を見るたび切り取っているのだろう。

「無理に免許を取り上げたりしたら、どこにも出かけんようになって認知症の引き金になるとは聞いたことあるけどね」と、聡美が言う。

「ほんでも、小学生の列に突っ込むニュースを聞くとなあ」と敏彦が眉根を寄せた。

「事故を起こすんはわしら老人だけやないぞ」

「そもそも道路が悪いんです」と哲也がきっぱり言った。「日本は歩行者より車を優先した道路を作っとる。自転車道も歩道もない」

「そうだよね」と相槌を打ちながら、歩美が自慢げに話すドイツの道路を頭に思い浮かべた。「でもさ、現実問題として、日本の道路を全部広げるのは途方もない時間がかかるよね。都会は土地も高いしね」

「通学路を登下校の時間帯だけでも車両通行止めにするとかして、ちょっとずつ工夫して乗りきるしかないだろうね」と、哲也は現実的な対策を言いながら、竹輪の天ぷらを自分の小皿に取り分けた。

「でも、おじちゃん、夜はやっぱり運転せん方がええよ。雨の日も避けた方がええみたいよ。ええお天気の昼間だけ運転するようにして、よう慣れた交通量の少ない道を選んで」

千映里はそう言うと、苦笑しながらつけ加えた。「実は、私も慎重に運転するようになった。さっき一心同体なんてかっこつけたけど、私だってもう若うないからね」

「あんたはんは、ええこと言いんさるなあ。メモ取りたいから、もういっぺん言うてくれるか？」と、母がメモ用紙を取りに立ち上がった。

「メガネは細いフレームのを使った方がいいですよ。幅が広いと視野を狭めますから」と、哲也もアドバイスする。

哲也のところは、両親ともにまだ運転しているのだという。

「おじちゃん、動きやすい服装で運転してね」と千映里が言う。

「ああ、気をつける」

父は嬉しそうに微笑んだ。気をつけさえすれば運転してもいいと許可を得たも同然と思ったのか。

「それと、運転する前に、目的地までのルートの確認をした方がええよ。長距離運転とラッシュアワーも避けてね」と千映里が言う。

「こんな田舎にラッシュアワーなんてあるのか？」

そう尋ねると、同級生四人ともがびっくりしたようにこちらを見た。

「ごっつい混んどるぞ」と、敏彦が言う。

「駅に出る道は県道一本だけで、それも一車線じゃ。朝夕だけは通勤と通学で渋滞しとる」と哲也が説明してくれた。

「ほかに気をつけんならんことはないか？」

母がメモ用紙から顔を上げた。達筆が自慢で、字を書くこと自体が大好きだ。

「たっぷりの睡眠です」と哲也が言うと、すぐさま母は書き留めた。

「二～三時間運転したら休憩を取って、軽く運動をすること」と千映里が言う。

「通学路を通学時間帯に運転せんこと」と、聡美が言う。

「俺が高齢者講習で口酸っぱく言うとるのは、運転する前に、どっちがブレーキでどっちがアクセルかを声に出して確認することです」と、哲也が言う。

父はひとつひとつのアドバイスに頷きながら聞いている。

「あとで回覧板にして近所に回そうかな」

母はそう言って、メモ用紙を目の前にかざし、相変わらず達筆であることを確認したのか、満足そうに一人うなずいている。

「猪狩くん、ヒマワリ号のことだけど、明日にでも千映里の助手席に乗せてもらったら？」と、聡美が言った。

「いや、それは……だって俺はヒマワリ号の運転手になろうなんて考えてないから」

そう言いながらも、本当は少し心が動いていた。

「人手不足で困っとるのよ」と聡美が尚も言う。

父と母は、さっきからヒマワリ号の話には口を出さないが、どう思っているのだろう。息子が帰ってきてくれるのは嬉しいが、東京の会社を辞めてしまうことに不安があるに違いない。歩美や息吹と別居することにもなる。

「ほんだって、雅志はせっかく……」

母が言いにくそうに口を開いた。

「なに？　おばちゃん、何でも言ってちょうだいよ」と、聡美が促す。

「どう言うてええのか……せっかくええ大学出とるんやし」

「おばちゃん、それどういう意味？　私らがやっとるヒマワリ号の仕事は高卒で十分やって言うとるの？」と、聡美が言う。

いきなり険悪な雰囲気になってきた。母はどう言えばいいのか考えあぐねているような顔をして黙ってしまった。

「雅志は男やし、大卒やからヒマワリ号では、ちょっとなあ。聡美さんや千映里さんは女やからええけどね」と、父が言った。その優し気な物言いは、浅はかな女を諭してやろうとでもするようだった。それが火に油を注いでしまった。

「おじちゃん、何を言うとるの？　この際、男とか女とか、大卒とか高卒とか、何の関係があるわけ？　千映里は女やけど一家を養っとるんだよ。それに比べて猪狩くんとこは共働きやろ。それも両方とも正社員って聞いたで。どう考えても千映里の方が猪狩くんよりずっと肩の荷が重いはずやで」

聡美がまくしたてるのを、父はポカンと口を開けて見つめていた。まさか自分よりずっと年下の、それも女の分際で、これほどはっきり言い返してくるとは夢にも思わなかったのだろう。怒りを通り越して、衝撃を受けているような横顔だった。

「やっぱり田舎の爺さんは嫌い」と、聡美がきっぱり言い放った。

「考えが古すぎて、かなわんわ」と、千映里が追い打ちをかける。

ついさっきまでは、年老いた両親に気を遣って優しくしてくれていたのに、女性二人は手の平を返したように冷たくなった。

みんなが帰っていってから、三人でコーヒーを飲んだ。

「今日はほんに面白かったわ」と母が言った。

「ほんに愉快じゃった」

意外にも父はそう言った。あんなに言い返されて怒っているかと思ったら、そうでもないらしい。

「活気があってよかったわ」と母が言う。

「わしも気分が若返ったぞ」

確かに刺激は強かった。みんな言いたいことを言って帰っていった。同級生の仲間うちでは上司と部下の関係もないし、利害関係もないから顔色を窺う必要もない。

会社と家の往復に明け暮れる中、別の付き合いもあることを、すっかり忘れて暮らしてきたらしい。

18

どうせなら一日の仕事をすべて見せてもらおうと、朝七時にスーパーへ向かった。

自分がヒマワリ号をできるとも、やろうとも思ったわけではない。だが、ハローワークで働く遠藤が言っていた「大人の社会科見学」のつもりで、千映里に同行させてもらうことにした。色々なものを見たり聞いたりするうちに、何かヒントが得られるかもしれない。

駐車場で待っていたら、ヒマワリ号と大きく書かれた車が入ってきた。

運転席に千映里の顔が見える。スピードを落とし、スーパーの通用口に横付けすると、車から降りてきた。

「猪狩くん、お早う」

赤いエプロンに、大きな玉葱の絵が描かれている。

「積み込み作業するから、私についてきて」

そう言うと、すたすたとスーパーの中に入っていく。

今朝入荷したばかりの新鮮な野菜や果物、大福やアップルパイ、そして卵、お惣菜、弁当とパンなどを積み込んだあと、肉や魚やチルド品と牛乳を冷蔵庫に入れていく。

気軽な気持ちで手伝ってみたのだが、思ったより重労働だった。

自分の身体がなまっているだけかもしれない。引っ越し業者の人が見たら、これしきのことでと嗤(わら)うだろう。

「それにしても、すごい量だな」

「このトラックは見かけは小さいけど、意外とたくさん積み込めるの。全部で八百点くらいになる」

生鮮食料品以外の食品はずっと積んだままらしい。調味料、袋菓子、ティッシュ、洗剤、カップラーメン、インスタントコーヒー、缶詰、ふりかけ、鰹節などは、最初から車内に積んであった。

「そろそろ出発するから、助手席に乗ってちょうだい。今日は月木コースだから、オレンジ色のところを回るの」

そう言って、道が色分けされている地図を渡してくれた。

千映里の説明によると、月木、火金、水土の三コースがあり、商売として成り立たせるためには、一コースにつき五十人くらいの客が必要だという。朝スーパーを出発してから夕方に帰るまでに、停車できるのは三十ヶ所くらいらしい。

出発してしばらくすると、千映里はテーマソングを大音量で流し始めた。どうやら担当地域に入ったようだ。

――ヒマワリ、ヒマワリ、ヒマワリ号、私のお店がやってくる。
バアバもジイジも母さん父さん、みんな笑顔でお買い物。
子犬のラーラも、しっぽふり、猫のミーコがじっと見る。

誰が作ったのか、歌詞もメロディも単純で、聞いていて恥ずかしくなるような歌だが、通学途中の子供たちは歌詞を覚えているらしく、音楽に合わせて歌いながら、こちらに向かって手を振っている。

「こんなに大音量で大丈夫なのか？　苦情が来ることもあるだろ」

「苦情なんて一回も来んよ。選挙カーと違って苛々せんらしい。みんな楽しみに待っとってくれとる」

「ほんとかよ」

前方に、主婦らしき集団が見えた。天気がいいこともあってか、五、六人が集まって楽しげに話をしている。

「待っとったよ、千映里ちゃん」

車を停めると、一斉に寄ってきてヒマワリ号を取り囲んだ。見たところ、七、八十代が三人、五十代と思しき女性が一人、乳飲み子を抱っこした二十代前半と見える女性が一人という構成だった。老人だけでなく、赤ん坊を抱えた女性も買い物難民だと、そのとき初めて気がついた。

邪魔にならないよう、そっと遠くから見るつもりだったが、みんな興味津々といった感じでこちらを遠慮なくじろじろ見る。

「もしかして、新しいダンナさん？」

声を落としているつもりかもしれないが、しんと静まり返った山奥では、声が響き渡った。それどころか、少しでも大きな声を出せば、やまびことなって何重にも跳ね返ってくる。

「嫌だ、おばちゃん、違うよ。この人はね、移動スーパーとはどんなもんかを研究しに、はるばる都会から来た人」

「へえ、それはそれは遠くからご苦労さんです」

　そこにいた全員が一斉に頭を下げた。過疎化対策の県庁の役人か何かと勘違いしたようだった。

「今日は鰯と茄子が安いんよ。たまにはハイカラにパン粉焼きにして食べたらどないやろ。美味しいよ」

「パン粉焼き？　それ、どうやって作るん？」

　千映里が早速説明を始める。

　もしかして、この仕事は料理上手な人間でないと難しいのだろうか。そうだとしたら、自分には到底無理だ。

「簡単で美味しそうやわあ。オーブントースターでもできるんか？」

「もちろん」

「千映里ちゃーん、レジお願いしまーす」

「はーい、毎度ありがとうございまーす」

「千映里ちゃーん、味噌はどこ？」

「ちょっとお待ちくださあい」

　一人で何役もこなさなければならないから忙しいのはわかるが、それにしても右往左往していて、あまり要領がいいとは言えなかった。

　レジスターが置いてある所に立って見ていると、千映里がこちらに向かって走ってきた。千映里はレジを開けながら小さな声で言った。

「ひとつひとつを確実にこなしていかんと、私、間違えるんよ。猪狩くんは私と違って頭がええから大丈夫なんやろうけどね」

「千映里ちゃーん、味噌はどこら辺にあるの？」

「あ、忘れとった。ごめんなさい、ちょっと待っとって」

「味噌ならこっちやで」

　別のおばあさんが案内役を買って出てくれた。

「おばちゃん、いっつもすみません、助かるわあ」

「ええよ、ゆっくり間違えんようレジ打ってちょうだい。私は一日中暇なんやから」

「奥さん、よう言うわ。農作業の合間に急いで駆けつけてきたくせに。私こそ後回しでええよ、夜までに家に帰ったらええんやから」

　まだ朝の九時を過ぎたばかりだからか、どっと笑いの渦が起こった。

「みなさん、明るいですね」と、話しかけてみた。

「そりゃあ、お兄さん、人生残り少ないんやから、笑って過ごさんでどうすんの」

「千映里ちゃーん、これもちゃんとレジ通したんか？　損せんように気いつけてよ」

歩美の母親が、田舎の人はみんな素朴でいい人ばかりね、などと言うたびに、なんと大きな勘違いをしているのだろうと呆れたものだ。それなのに、今日は買い物客たちが、まるで千映里の親戚か友人であるかのように親しそうで、岳母の言うことにも一理あるかもしれないと思った。

「ねえ、お兄さん、ヒマワリ号は素晴らしかったって、上司に報告しといてね」

ひとりのおばあさんがそう言うと、みんな競争するように、ヒマワリ号の長所を言い始めた。

「ヒマワリ号のお陰で、久しぶりに井戸端会議するようになったんよ」

「今までは、近所に住んどっても滅多に顔を見んかったのに」

「週に二回も話ができるようになって嬉しいわ」

「私なんか亭主が死んで一人暮らしやから、いっつも壁に話しかけとったんやで」

「うちは亭主がおるけど、ロクに返事もせんから壁みたいなもんやけど」

またどっと笑いが起こる。

全員のレジが済むと、千映里は深々とお辞儀をした。

「ありがとうございました。次回は木曜日ですのでよろしくお願いします。買うものが何もなくても、顔だけは見せに来てくださいよ。これだけは約束ですよ」

車に乗り込み、すぐに出発した。

バックミラーを見ると、みんな手を振って送ってくれていた。

「すごいね、あんなに愛想よくできるなんて」

もともと笑顔の出やすい性格の人ならわかる。だが、千映里はたぶんそうではない。

「猪狩くんにもきっとできるよ」

「絶対無理」

「だってこれは商売だよ。家族を養ってることを思えば、笑うことくらいたいしたことないよ。猪狩くんの会社にも営業の人おるやろ」

「なるほど、そう言われればそうだ」

次の停車場所では、道路工事をしていた男たちが寄ってきた。電柱に上って工事をしていた男も、するすると下りてくる。ヒマワリ号を何度も利用しているのか、みんな迷わず弁当や総菜が置かれたコーナーに直行した。

安価で品数も多く、地元の食材を使っている安心感もあって、自宅にいるお年寄りにも人気らしい。

そのあと十ヶ所ほどの停車場所を回ってから、千映里も自分もヒマワリ号で買った弁当を車内で食べ、すぐに次の場所へと向かった。

たいして手伝ったわけでもなく、見ていただけなのに、初めて目にすることばかりだったからか、最後の停車場所を回った頃には、ぐったり疲れていた。

「やっと終わった。さあ、帰ろ」

車に乗り込んで、スーパーへ向かった。

「今日は、見せてもらって本当にありがとう」

「猪狩くん、とんでもないよ。ごっつい助かったよ。重いもんも運んでもらえたし。で、どうやった？　今日の感想は？」

「勉強になったよ」

「勉強？　勉強って社会勉強か？」

そう言って、さもおかしそうに笑う。何が言いたいのだろうと千映里を見つめたが、何も言わなかった。

だから、こちらから何かを言わなくてはならないような気がして口を開いた。

「えっと、それと、すごく面白かった」

「それは良かった。仕事は楽しむことが大切やからね」

えっ？

仕事を楽しむ？

そんなこと長い間忘れていた。いや、今まで考えたこともなかった。

大学を卒業して就職した一年目の頃なら、多少は楽しんでいたかもしれないが、それ以降はただ単に給料をもらうために我慢して会社に通っていた。

——サラリーマンとは、辛抱して屈辱に耐えてナンボの世界だ。

心の中でその言葉を繰り返し、自分を慰めてきた歳月だった。

「本当はつらいこともたくさんあるんだろうね」

千映里に本音を語らせたくて振ってみた。

「そらあるわ。天気が悪いときが一番つらい。今日はたまたま爽やかな晴天やったけど、雨や雪の日は思ったより多いし、台風のときなんか最悪やで」

「台風みたいな荒れた天気の日でも車で回るの？」

「もちろんやわ。そういう日こそ買い物に行けない人が多くて、常連さん以外も買ってくれる。いわば稼ぎどきやもん」

「体力的にはどう？　きつくない？」

「慣れんうちは、ごっついきつかった。正直言うて、一日目でやめようかと思った。だけど、なんせ車のローンが三百五十万円もある。そう思って我慢した」

そう言って明るく笑う。

「そのうち少しずつ慣れてきて、楽しめるようになってきた。睡眠さえたっぷり取ったら何とかなる。この仕事を始めてから、夜は早う寝るようになったわ。といっても、眠とうて起きておられんのだけど」

「健康的だね」

「うん、それは本当にそう。以前はぐちぐち悩んでばかりで、睡眠導入剤がないと眠れん日が続いとったからね」

　離婚して子供を連れて実家に帰ってきたというのだから、色々と苦労はあったのだろう。一家を養えるほどの給料を得られる仕事は、そう簡単には見つからなかったに違いない。ハローワークにあった求人情報を見ても、女性向けの仕事は、男性より更に時給が低かった。正社員募集はほとんどなかったし、あったとしても、パートと変わらないくらい給料は安かった。

「身体を動かして働くのは精神的にもええし、筋肉がついて贅肉が落ちたから一石二鳥やわ。いや、三鳥かな。それに買い物に来るおばあさんらに『あんた華奢やな』って言われたんよ」

「だから？」

「この嬉しさは痩せとる人にはわからんやろなあ。私は幼稚園の頃から太ってたんよ。それが、華奢って言われたんよ」

「えっと、それは、つまり？」

「嬉しくて、その日は笑いが止まらんかった。家に帰ってからも娘に気味が悪いって言われたくらい」

「へえ、それは、良かったね」

「私、離婚する前は神戸に住んどって、ファストフード店でアルバイトしてたんよ。ああいう仕事はきっちりマニュアル通りにやらんとあかんし、裁量の余地はまったくなかったし、どんだけ頑張っても怠けても時給は同じ。そんなんに比べたら、今は自分の考えで色々工夫できるから何倍も楽しいわ」

「俺は口も回らないし、愛想笑いも苦手だよ。料理のアドバイスなんて絶対にできないし」

信号で停止し、千映里はこちらを見た。

「アドバイスなんてせんでもええのよ。料理自慢のおばあちゃんが多いから、若輩者の私が教えようとしたら嫌な顔する人も結構おるし」

「そうかな？　そうは見えなかったけどね」

「今日は猪狩くんがおったからやわ。みんな余所行きの顔しとったもん。それに、みんながみんな感じのええ人のわけないやんか。私のこと嫌っとる人も結構おるよ」

「そうか……」

そうかもしれない。誰にでも好かれる人間なんて世の中にはいないという意味では。

「猪狩くん、あんた、口が回らんかったら黙っとけばええわ」

「だって、それじゃあ客も離れていくだろ？」

「それはない」

千映里はきっぱり言いきり、信号が変わったので車を発進させた。

「そうだよな。買い物難民にとって、背に腹は代えられないもんな」

「それがそうでもない。私のこと嫌いやと思ったら、買い物に困っとるくせに、意地張って出てこんようになる人もおる。家の冷蔵庫に食べ物はまだあるんやろかって心配になることがあるわ」

「そんな人もいるのか。だったら俺はますます自信ないよ」

「猪狩くんはイケると私は思う。隣町に、ヒマワリ号やっとる無口な男の人がおるんやけど、その人の売り上げ成績、かなり上位やから」

聞けば、ネットに売り上げランキングの上位者を載せているという。

「もしかして、すごいイケメンとか？」

「いや、それはない。汚れた熊のぬいぐるみみたいな人やもん」

「だったらなんで？」

「私とは真逆で、売り込まんスタイルを通しとるからやないかと思う。私が『これ、美味しいですよ』とか言って勧めるのを、押しつけがましいと感じる人もおるみたいやから」

「全然押しつけがましくなんてなかったよ」

「ほんと？　そう言われると、なんか安心するけど」

「だって、無理に勧めてはいなかっただろ。俺も洋服を買いに行って、店員にしつこく勧められて買わざるを得ない雰囲気になって後悔したことが何回かあるけど、君はああいうのとは全然違うよ」

「わかる、わかる。安いもんならええけど、何万円もするコートやスーツやったら、後になってから、しつこかった店員を恨みそうになる」

「こんな店に二度と来るもんかって思うよな」

田舎の年寄りなら尚更、強く勧められたら相手に悪い気がして断りにくいと感じる人が多いのではないだろうか。コートやスーツに比べれば安いものだが、買いすぎて腐らせてしまえば、戦前生まれの人間はもったいないと強く悔やむことは容易に想像できる。

スーパーに帰ると、千映里は売れ残ったものを元の位置に戻し、売上金をスーパーのパソコンに打ち込んで、今日一日の仕事が終了した。

家に帰ると、母が早速聞いてきた。「どうじゃった？」

「思った以上に売れてた。おばあさんたちがトラックを取り囲んで、楽しそうに買い物してたよ」

「そうじゃろうなあ。助かるもんなあ。ああ羨ましいわあ」

その翌日からは、また畑に出て土いじりをした。たいして役立っていないだろうが、日光に当たっているうち、体調が良くなった。特にそれまで病気をしていたわけではないが、体の芯がすっきりしたように思う。

それに、気持ちがどことなくのんびりしてきた。東京にいるときは、ちょっとしたことで苛々していたことを改めて思い出していた。

混雑する通勤電車の中では、隣に立つ男がひっきりなしに洟を啜る音にイラついたし、どこからか流れてくる強すぎる香水の匂いに腹を立て、電車を降りたら降りたで、エスカレーターの順番待ちが控えている。そこで割り込んでくるヤツに気持ちがささくれ立った。

今、遠く離れた場所で客観的に自分を見つめ直してみれば、なんとちっぽけな人間だろうと思う。取るに足らないことにいちいち目くじらを立てていた。都会というのは、人を狭量にしてしまう魔界なのだろうか。

それ以前に、田舎ではそういった場面——電車という狭い空間に他人同士が身体をくっつけあって、目的地に着くまでじっと我慢している——がないのだった。

その反面、そういったストレスのない田舎での毎日は、世間から置いてけぼりを喰らっているような不安に襲われた。とはいえ、今回の自分の休みは二週間だけで、そのあとは会社に戻る。戻れる場所があるという安心感はある。だが、本当にあの職場に戻りたいのかと自問すれば、それは否だった。

――田舎は金なんかなくても暮らしていける。

いつだったか、博之の言った言葉を思い出していた。

あのときは、博之だからそんなお気楽なことが言えるのだと、一蹴した。博之は親の家に同居し、田畑もあって半分は自給自足みたいな生活をしているからだと。

だが考えてみれば……。

東京では三万円もする靴を履き、五万円もする鞄で通勤している。高級な物を既に手に入れているのに、それでもまたデパートに行って、靴売り場を見たりする。あの際限ない物欲は、いったいどこから生まれてくるのだろう。

帰省してからは、二パターンのラフな普段着をとっかえひっかえ着ていた。荷物になるからと、洋服は少ししか持ってこなかったのだが、それで十分足りている。

ここでは、おしゃれなんかしようとも思わなかった。田んぼや畑に囲まれた中で、高級ブランドを身にまとっていたって意味がない。丈夫で長持ちで着心地が良ければそれでいい。

自分が子供の頃はこの辺りも人口が多く、洋品店は何軒もあった。夕方には閉まり、品数も少なかったが、それでも不便を感じたことはなかった。東京では夥しい数の店があって選択肢が多すぎて、選ぶのに時間がかかる。それを楽しいと思っていた時期も長かったが、そんなこと、本当はどうでもよかったんじゃないかと思えてくる。

襟の形がどうとかこうとか、ボタンの数はいくつがいいとか、そんなのを考える暇があったのなら、少しでも息吹の方を向いてやるべきだった。

父親としての責任感が希薄だったのではないか。

こちらの生活にどっぷり浸かり、かつての田舎者丸出しの自分に、無性に戻ってみたくなった。

やってみようかな、ヒマワリ号を。

無謀だろうか。

きっと無謀なんだろうな。

だけど、ハローワークの求人情報に載っていたような零細企業で働くよりは、自分の采配で動けるヒマワリ号のような仕事の方が自分に合っている気がした。

そうこうするうち、二週間の休暇が終わりに近づいてきた。

明日は東京へ帰らなければならない。当初は退屈するだろうと思っていたのに、あっという間だった。

心配なのは父のことだった。自分が帰京したら、運転を再開するのは明らかだ。とはいえ、父に運転をやめさせる良い案は相変わらず思い浮かばなかった。

だから、母のメモを見ながら、運転の際に気をつけることを書いて壁に貼っておくことにした。気休め程度にしかならないが。

・夜は運転しない。
・雨の日は運転しない。
・通学時間帯には運転しない。
・交通量の少ない時間帯を選ぶ。
・動きやすい服装で。
・どちらがアクセルで、どちらがブレーキかを指さし確認する。
・目的地までの道順を前もって確認しておく。
・長距離は運転しない。
・睡眠はたっぷり。
・二時間運転したら休憩と運動。

19

東京に帰り、マンションの玄関を開けた途端、その場に立ち竦んでいた。

四方から白い壁が迫りくるような圧迫感があった。

このマンション、こんなに狭かったっけ？

よくもこんな所に長年に亘って住んでいるものだ。

そのとき、初めてわかった。両親がウィークリーマンションに住んだときに味わった気持ちが。１ＬＤＫでも都心では高額だし、夫婦で住んでいる人もいるが、今まで広々とした家に住んでいた人間からすれば息が詰まる。

きっと両親は、コンクリートの壁がすぐそばに迫ってくる気密性の高い部屋が耐えがたかったのだろう。

「お帰り」

息吹がわざわざ玄関まで出てきたので驚いた。どういう風の吹き回しだろう。パジャマ姿でばたばたと廊下を走って出迎えてくれたのは、小学校二年生くらいまでだった。

「じいちゃんたち、どうしてた？」

「元気だったよ」

「なんかお土産ないの？」

息吹の言葉に胸を衝かれて、スリッパを履こうとした足が止まった。

息吹は、こちらのスーツケースをじっと見つめている。

既視感があった。

この狂おしいような思い……。

息吹はお土産が欲しいのではない。そもそも田舎で何を売っているというのだ。東京なら何でも売っているが、田舎には欲しいものなど何も売っていない。

きっと息吹は、あの田舎の匂い、懐かしい何かに触れたくてたまらないのだ。

「お土産あるぞ。ほら、これ、息吹にって、ばあちゃんが」

今朝早くから母が作ってくれたあんころ餅を手渡すと、「サンキュー」と言って受け取り、くるりと背中を向けてリビングへ戻っていく。

リビングのドアに嵌め込まれたガラスが、息吹の姿を鏡のように映し出していた。見ると、まるで小学生のように嬉しそうに包みを胸に抱き、表面を愛おしそうに撫でている。

「何が入ってんのかな」

息吹はそう言いながら、ソファに座って膝の上に置き、包みをはがした。

ゆっくり、ゆっくりと。

包みをはがし終えてしまうことさえ惜しんでいるかのように見えた。

「なんだ、あんころ餅だったのかよ。ずっしり重いから金塊かと思ったのに」

憎まれ口を叩きながらも、頬は緩みっぱなしだった。

「母さんは、まだ病院か？」

歩美からはメールが届いていた。

——父の見舞いに行ってきます。

岳父は風邪をこじらせ、大事を取って入院している。

「ねえ、父さん、じいさまは入院するほど具合が悪いんだっけ？」

幼い頃は、歩美の両親を、おじいちゃま、おばあちゃまと呼び、こちらの親のことは、じいちゃん、ばあちゃんと呼んでいて、区別がつけやすくて便利だった。高校生にもなると気恥ずかしいのか、歩美の両親をじいさま、ばあさまに変えたらしい。

「明日にでも一緒に見舞いに行ってみるか」

「そうだね」と言いながら息吹は立ち上がり、包みを持ったまま台所に入って行った。

「腹減ったから、このあんころ餅食べるよ」

「ダメだよ。息吹、もうやめようよ、そういうの」

「そういうのって、どういうの？」

息吹が驚いたような顔で、台所から顔だけ出した。

「甘いものじゃなくて、ちゃんとご飯を食べよう」

田舎の両親は、間違っても夕飯前にあんころ餅を食べたりはしない。

「息吹は何が食べたい？」

「焼肉」と、即答だった。

「だったら駅前まで食べに行こう」

「家で焼いて食べた方が安上がりだよ」

「それもそうだな。じゃあ一緒に買い物に行こう」

二人で近所のスーパーに行き、肉やサラダ菜などを買い込んだ。

家に帰ると、息吹はいそいそとホットプレートを出して準備をする。

「あ、焼肉のタレ買うの忘れた」

「父さん、そんなの要らないよ。塩胡椒でいいよ。醤油でも味噌でも美味しいし」

肉に塩胡椒して強火でさっと焼き、サラダ菜に包んで食べた。あっさりして美味しかった。買ってきたものは二人で全て平らげたので、残り物もなく、後片付けが楽だった。

食後に渋めのお茶を淹れて、母が作ったあんころ餅をひとつずつ食べた。

夕飯の片づけを終えて、部屋でスーツケースを片づけていると、歩美から電話がかかってきた。

——今夜は病院に泊まることにしたわ。

「お義父さん、そんなに悪いのか？」

——誤嚥性肺炎を起こしたみたいで熱が出てるの。心配はないってことだけれど、万が一ってこともあるしね。それに、ママと交代してあげなきゃ疲れてるみたいでね。それより、田舎はどうだった？

「……うん」

岳父が大変なときだけに、言おうかどうか迷った。

——何かあったの？

「俺さ、会社を辞めて田舎に帰ろうかと思うんだ」

——はあ？　冗談でしょ。

「いや、その、なんていうか」

——田舎に帰ってどうするの？　仕事の当てでもあるの？

「まあ、一応は」

——あ、もしかして、この前話してた同級生がやってる移動スーパー？

「うん、そういうこと。現実問題として田舎の親を放っておけないからね」

——それはそうでしょうけど、でも今の会社を辞めるなんて無茶苦茶よ。

「そう言うだろうと思った」

——家庭を持つ人間として無責任よ。それとも……。

歩美は逡巡（しゅんじゅん）するかのように黙った。

「それとも、何？」

——今の会社でなんか耐え難いことでもあるの？　パワハラがひどいとか。

「いや、そういうのはないんだけどね」

——本当に？

「本当だよ」

——こういうの、電話で話すことじゃないわね。今度じっくり話を聞くわ。

「ああ、わかった。とりあえず明日は息吹と二人でお見舞いにいくよ」

——待ってるわ。

電話が切れた。

20

翌日は、息吹と二人で病院へ行った。

「忙しいのに悪いね」と、ベッドの中から岳父は言った。

熱も下がったらしく、顔色も良く元気そうだった。

「雅志くん、仕事の方はどうかね」

「はい、お蔭様で、なんとかやってます」

「パパ、雅志がね、今の会社を辞めて田舎で商売を始めたいって言ってるの」

「おいおい、何も今ここで言わなくても」

驚いて歩美を見た。思った通り、納得できないといった表情だった。

「父さん、それ本当なの？」と、息吹もびっくりしたように言って、こちらの心の奥を探ろうとでもするかのように、穴が開くほど見つめてくる。

「いや、何というか、まだ決めたわけじゃなくて」

慌てていた。岳父はきっと、無責任な婿だと思ったに違いない。そう思ってちらりと顔色を窺うと、意外なことに、にっこり笑っていた。

「雅志くん、商売ってのはね、やりがいがあるよ」

びっくりしてまじまじと岳父を見つめた。

「僕の母は、新潟で保険の外交員をしてたんだ。父が早くに亡くなったものだから子供を五人も抱えて母は苦労したよ」

聞き間違いかと思った。新潟の出身だとは聞いていたが、裕福な家庭で育ったのだと勝手に思い込んでいた。それというのも、堂々としていて見るからに毛並みの良さそうなサラブレッドという雰囲気があるからだ。

「雅志くん、商売は商いというだろう？　あれは飽きることがないからそう呼ぶんだって母はいつも言ってたよ。工夫と努力でいくらでも面白くなると言ってね」

聞けば、母親はかなりのやり手で、保険の契約をどんどん増やし、何度も会社から表彰されたという。

「人生は百年時代に入ったなんて世間は騒いでるじゃないか。それを考えると僕もまだ生きられそうだよ。八十七歳の僕から見たら、雅志くんも歩美も、まだまだ若い。僕の年になるまで三十年以上ある」

「そう言われればそうね」

歩美の表情が少し和らいだ。

「雅志くんは勤続三十年の休暇を取ったんだってな。でも、今までの勤続年数よりも長い年月を生き抜いていかなきゃならない。まだまだ人生は続くんだ。それを考えると、やりたいことをやってもいいんじゃないかな」

「パパって思いきったことを言うのね。私や息吹の生活が心配じゃないの？」

「少なくとも飢え死にはせんだろ」

そう言って、岳父は軽快に笑った。

「まあ確かに。私も働いてるしね。でも住宅ローンもあるのよ」

「俺が会社を辞めたら、退職金で、全額は無理でもかなり繰り上げ返済できると思う。それに、田舎に帰ったら頑張って稼いで生活費を入れるつもりだし」

「雅志くん、人生の最後に後悔するような生き方はやめた方がいいよ」

洋二叔父も似たようなことを言っていたはずだ。

「ありがとうございます。でも、やっぱり生活のこともありますし」

あれ？　俺はいったい何を言っているのだ。田舎で暮らすことについて了承してもらいたいのに、真逆のことを言っている。

「雅志くんは古い、古すぎる」と、岳父は言いきった。「今の時代はね、型に囚われずに生きていけばいいんだ」

こんな考え方の人だとは全く知らなかった。

「まっ、夫婦でよく話し合うことだな。話し合うことが、夫婦にとっては何よりも大切だからね。好きなように生きるのが一番だが、自分が選んだということを忘れないようにしなさい」

そう言うと、岳父は息吹を見て尋ねた。「息吹はどう思う？」

「えっと、つまりどういうこと？」

事情がよく呑み込めずに戸惑っているようだった。「母さんも田舎で暮らすの？」

「私は無理。会社を辞める気はないもの。それに、たまになら田舎も好きだけど、ずっと暮らしたいとは思わない」

自分も、ついこの前まではそう思っていた。母の作ったぬか漬けと味噌汁と炊きたてのご飯なんかじゃなくて、香り高いコーヒーに焼きたてのクロワッサンとチーズとペッパーハム。そういうのが好みだった。だが、帰省してたった一週間で舌が変わってしまった。

食べ物だけじゃなかった。椅子の生活に慣れていたから、畳の上にじかに座る生活はつらかった。それなのに、二週間の休暇が終わりに近づいてきた頃には、畳の上に胡坐(あぐら)をかいて座るのが平気になり、正座すらできるようになった。そして、妙に畳が好きになった。

人は思いの外(ほか)、短時間で環境に慣れるらしい。そもそも自分は、あの家で育ったのだった。若い頃、無性に都会に憧れて上京したのに、今は田舎暮らしがしたくてたまらなくなっている。

田舎は季節の変化が色濃く感じられて、雨の匂いもわかる。夜は漆黒の闇が訪れて静寂に包まれ、満天の星を見ることができる。そして水道水が冷たくてうまいのだ。

そんなことは今までは気づきもしなかった。いや、もちろん知ってはいたが、取るに足らない、つまらないことだと思ってきた。それなのに、ここにきて急に里心がついている。

年を重ねると子供に帰るというのは本当かもしれない。

「で、雅志の心はもう決まったの？　それとも、まだ迷ってるの？」

「正直まだ迷ってる。会社を辞めたら取り返しがつかないし、後悔するかもしれない」

「そりゃあ後悔はするだろうさ」と岳父が言った。

驚いてベッドに顔を向けると、岳父はフフッと笑った。

「どちらに転んでも後悔はするさ。人間なんてそんなもんだろ」

「現実問題として経済的に大丈夫か心配で。息吹の学費のこともありますし。それに、小型のトラックを自腹で買わなきゃならなくて、それが三百五十万円もするので」

「事業を始めるのに、それくらいの出費なら安い方だよ」と、岳父が言う。

「ええ、まあ、それはそうですが。でも、歩美は絶対に反対なんだろ？」

「それが、そうでもなくなった。夫婦のどちらかが、定年のない仕事をするのもいいんじゃないかって。だって長寿社会でしょ。いきなり二人とも定年を迎えるより、細く長く稼げる生き方も貴重かも」

「そのことは俺も考えた」

「それに、もうやるしかないのよ。後戻りはできないもの」

「なんで？　まだ退職届を出したわけでもないし、上司にも同僚にも言ってないよ」

「だって雅志の心はもう移動スーパーに行ってしまってるわよ」

どこの妻も、こんなに鋭いのだろうか。

確かに一度でも自営業の夢を見てしまうと、会社には戻りたくないという思いがだんだん強くなり、それは決定的なところまで来ていた。

「やってみなきゃわかんないよね。でも雅志ならきっと大丈夫よ。私、なんだか急にそんな気がしてきた」

妻が度胸のある人間でよかった。

いや、本当によかったのか？

「だって、買い物って楽しいじゃない。誰だって、見たり触ったりして選びたいでしょう。だから、買い物難民の人たちにとったら、唯一の楽しみになるわよ。宅配のお弁当なんかには勝つと思うのよ。ネットスーパーだって、山奥までは配達してくれないし、あそこは海も山も近いから、新鮮なものじゃないとダメなんだろうし」

「だよな。だから、きっとうまくいくよな」

自分を鼓舞するように言ってみた。

いま現在、商売で成功している人も、最初はみんな不安だったはずだ。もしも不安なんて全くなかったという人がいたら、その方が心配だ。借金からスタートする人も多いだろう。それに比べれば、自分は仕入れがない分、少なくとも赤字にはならないと最初からわかっている。そして実家という住む場所も確保できている。

一方で、今の会社を定年まで勤めあげる方が安全な人生だということも重々わかっていた。六十歳で定年を迎えたあとは、嘱託として五年は残ることになるだろう。だが、それまで親が交通事故も起こさず、そのうえ頭もしっかりしていて健康を保ち続けている可能性はどれくらいあるだろう。

親だけでなく息吹のことも心配だ。自分たち夫婦は、人生のスタートが遅かった。博之みたいに早く結婚して、二十代半ばで子供が生まれていれば、これほど悩むことはなかっただろう。例えば息吹がとっくに大学を出て就職しているとなれば、段違いに気が楽だったはずだ。それとも、神様なり占い師なりが、「お前は三十代後半で子供が生まれる」と前もって教えてくれていれば、新卒で就職した時点から節約して預金に励んだのに。

「あのね、息吹、世の中には単身赴任している人もたくさんいるから、父さんと母さんが離れて暮らすのは別に珍しいことじゃないのよ」

「ふうん」と、息吹は言うが、両親が別居することに不安を覚えているのか、納得できないような顔をしている。

「言っとくけどね、息吹、私と父さんは仲が悪いわけじゃないのよ」

「そんなことはわかってるけど……」

「けど？　何だ？」

それには答えず、息吹は窓から見える遠くの景色に目をやり、大きな溜め息をついた。

「いいなあ、父さん、あそこで暮らせるなんて」

心底羨ましそうに言う。

両親の仲の良し悪しなど眼中になく、自分が父親に置いてけぼりを喰ったような気分であるらしい。

「息吹も田舎で暮らしたいのか？」と岳父が尋ねた。

「俺、田舎大好きだからね。野菜を育てるのも楽しいしさ」

この様子なら、自分が東京を離れても、息吹はちょくちょく遊びにきてくれそうだ。

「父さんも本当は楽しみなんだろ？」

「まあな。自分の親を助けるついでに、近所の買い物難民たちの手助けができるしね」

「それは素晴らしいことだ」と岳父が続けた。「人生の目的って、結局はそういうことなんだよ。金や名誉だけじゃ結局はつまらんよ」

それは金を持っている人間だから言える言葉だ。

「じいさまが、そんな道徳の教科書みたいなこと言うとは思わなかったよ。人の役に立てなんて、ガッコのセンセーみたいなこと言われてもなあ」

「息吹、それは他人のためじゃないんだよ」と、岳父が続ける。「自分を慰めるためさ。こんな俺でも人の役に立ってるんだっていう自己満足が大切なんだ。それがないと、長い人生、生きていくのがつらいぞ」

「ふうん、そういうもんか。俺にはわかんないけど」

人生論ばかりで鬱陶しく感じたが、転職への応援とも取れた。それに、サラブレッドではなかったと知って初めて親近感が湧いた。

21

年末で会社を辞めた。

スーパー但馬屋との契約も済ませ、退職金の一部を充てて特別仕様の小型トラックを注文した。

そのことを電話で報告すると、以前からそのことについて何度か話していたにもかかわらず、田舎の両親は驚いていた。本当に転職するとは思っていなかったらしい。

──会社を辞めたって？　東京でなんかあったんか？

──こっちに帰ってくるなんて、歩美さんとうまくいっとらんの？

父と母は、代わる代わる電話に出た。

そうではないと何度説明しても納得しなかった。漠然とした不安を抱えさせてしまったように思えたので、「会社を辞めた」ではなく、「早期退職を選んだ」という言い方に変えることにした。だがそれでも、釈然としない様子だった。

息子が帰ってきてくれるのは嬉しいが、夫婦が別居することが、どうしても納得できないようだった。卒婚などという言葉も、もちろん知らない。

——雅志、人生には色々ある。気を落とすなよ。

——いつでも帰っておいで。雅志の家なんやから遠慮はいらん。

両親の態度が電話の途中から変化した。

東京で何かどえらいことが起こっているが、親に心配をかけないよう、雅志はひた隠しにしている……という結論に達したようだった。

そのことを歩美に話すと、「まったく仕方がないわね。あなたの説明の仕方がよくないのよ」と言い、正月休みを利用して帰省につきあってくれた。息吹も冬期講習を休んででも行くと言ってついてきた。

両親は、息子一家三人が仲睦まじく来た姿を見て、やっと安心したようだった。そして、歩美は夕飯のときに、こうも言ってくれた。

——雅志さんが早期退職を申し出たら、上司や同僚から必死で引き留められたんですよ。『君のような優秀な人に辞められたらわが社は倒産してしまう』とまで言われてね。それでも雅志さんはヒマワリ号をやってみたい気持ちが勝ってしまったんですよ。私ですか？　私なら大丈夫ですよ。連絡はこまめに取り合って励まし合ってやっていきますから。ねえ、息吹も大丈夫よね？

歩美が笑顔でそう言うと、両親は納得がいったようだった。

歩美の演技のうまさには舌を巻いた。東京にいるときとは違い、常に笑顔を絶やさず、いつも夫を立てているといった風に振る舞うのだった。やりすぎだろうと思ったが、両親は演技などとは夢にも思わないようだった。そのうえ歩美は、母の台所仕事も息吹とともに積極的に手伝ってくれた。「お義母さんのお料理は本当に美味しいですわ」などと何度も言うものだから、母は頬が緩みっぱなしだった。

東京での荷造り作業は、歩美と息吹が手伝ってくれた。二人とも寂しがる様子もなく、別れを惜しむといった感じもまるでなくて、それどころか楽しそうに荷造りしていた。

息吹などは生き生きしているといってもいいくらいだった。歩美に至っては、晴れ晴れした顔つきをしている。もちろん今さら引き留められても困るのだが、玄関で見送るときには目に涙を溜めるくらいするのではと思っていたのに……。

引っ越しを終えて、母屋で荷物を整理していると、町内会長が訪ねてきた。

「雅志くんが帰ってきたって聞いたもんで、顔を見に来たんだわ。何か協力できることはないかと思っての」

「そらおおきに、ありがとうございます」

「若い人が帰ってきてくれて、わしも嬉しいんだ。わしだけやない。集落全体に安心感が広がっとるよ」

「集落全体？　それは責任重大ですね」

田舎では、どこへ行っても「若い人」と言われる。最初は違和感があったが、もう慣れた。見渡せば、確かに五十代の自分は若い方だった。それほど町が老齢化しているということだ。

「雅志くんがヒマワリ号を始めてくれるって聞いて、みんな飛び上がって喜びおるよ。回覧板を回して宣伝しといたから、頑張ってくれよ」

そう言うと、買い物に困っている高齢者のリストを渡してくれた。ありがたいことだ。

「東京で何があったか知らんが、雅志くん、頑張れよ。大学を出とるのに行商人になるなんて、人には言えん何かがあったに違いないっちゅう口さがない人もおるけど、気にせんでええからな。人生は何度でもやり直せるんやから」

どうやら、東京で何かをしでかして逃げ帰ってきたと思われているらしい。

「ちょっと、町内会長さん、誤解してもらったら困るわ」と、母が口を挟んだ。「雅志はこの地域のためを思って帰ってきてくれたんよ。東京ではきちんと勤めとったんやで。退職したいって言うたら、上司に引き留められたんやから。『君のような優秀な人に辞められたらわが社は倒産してしまう』と社長にまで言われたのを振りきって帰ってきたんよ」

歩美が言った嘘を更に脚色して母は言った。そのうえ「振りきって」というとき、肘鉄(ひじてつ)を喰らわせる動きまでして見せた。

田舎ではすぐに噂が広がる。その煩わしさを熟知している母は、親バカだと思われてもいいから、大げさに息子を自慢せざるを得なかったのだろう。

Uターン早々に、両親に嫌な思いをさせてしまった。口に出さなくとも、自慢の息子が落ちぶれて行商人になったという思いが両親の胸の奥底にもあるのかもしれない。

都会のエリート層の間では、高学歴で名のある企業に勤めるサラリーマンよりも、起業して大儲けしている方が何倍もかっこいいとする風潮が、ここにきて強くなったと感じている。だが田舎の年寄りの間では、未だに大学名や企業名に重きを置く人が多かった。

「雅志くん、わしが悪かった。事情を知らんもんやから、てっきり」

「とんでもない。よろしくお願いします」

そう言って、満面の笑みを作ってみせた。そうでもしないと、東京で何か大変なことをやらかして尻尾を巻いて逃げ帰ってきたという噂が広まりそうな予感がした。それというのも、町内会長の顔に訝しさの片鱗が残っていたからだ。

それにしても、いつも笑顔で元気いっぱいでなければならないのだろうか。

それを考えると、ヒマワリ号を始める前から気が重くなった。

もう元の生活には戻れないのだから、頑張るしかないのだが。

「雅志くんはなかなか愛想がええな。商売に合っとるよ」

「そう言ってもらえると嬉しいです」

本当は嬉しいどころか、商売の厳しさを改めて知る思いだった。

商品を売るときだけニコニコして、普段は仏頂面をしているというのでは、全員が知り合いである狭い田舎町では通用しない。常に感じよく誰にでも親切にしなければ、陰で何を言われるかわからない。会社員だったときは、オンとオフの区別がはっきりしていたが、ここでは無理そうだ。

「わしも歳やから、ヒマワリ号が来てくれたら運転免許を返納しようかと考えとる。家内もそうせえって言うしの」

町内会長は、しみじみとそう言った。

思えば、高齢ドライバーの事故のニュースを見て、実家の父が心配になったのがきっかけだった。だが、自分が移動スーパーをやることで、思った以上に隣近所に影響を及ぼしているらしい。

自分が早々にヒマワリ号をやめたら、ヒマワリ号を期待して免許返納した人たちは生活に困る。自分が批判されるだけでなく、息子が悪く言われ、両親の肩身が狭くなる。

しっかりせねばと自分に活を入れる思いだった。

22

いよいよスタートだ。

開業届を税務署に提出したあと、その足で保健所に出向き、食肉と魚介類、乳類を販売する営業許可を申請した。食品衛生責任者の資格を取るための講習も受けた。これらの準備については、ヒマワリ号の事務局でパートをしている聡美が懇切丁寧に教えてくれた。

その日は朝早く家を出て、研修会場である福知山へ向かった。

研修室には、自分を含め十二人の販売パートナーが来ていた。二十代と見える若者もいれば六十代くらいの女性もいるが、そのほかは自分と同じような年代の男ばかりだった。

開始時間まであと十分だ。

鞄から筆記用具を出そうとしたとき、背後から肩を叩かれた。

「雅志、元気だったか」

ここに知り合いなどいるはずはない。そう思って驚いて振り返ると、後ろの席に博之が座っていた。

「どうしたんだ？　なんで博之がここにいる？」

「わいもヒマワリ号を始めることにしたんじゃ。お前のことは聡美から聞いとった」

「そうだったのか。博之、お前、元気そうだな。安心したよ。お目々パッチリの可愛い顔に戻ってるぞ」

いつか見た博之は、ひどく浮腫んでいたのだった。

「げっ、気色悪っ。ええ年したおっさんに、可愛いなんて言うてくれるなよ」

血色も良く、表情も明るい。

「親父さんとお袋さんはどうしてる？」

七十代も後半になってから、知らない土地で暮らすのはつらいのではないか。自分の両親が東京のウィークリーマンションに慣れなかったことを思い出していた。

「お袋はまあまあや。お袋の姉ちゃんの嫁ぎ先のすぐ近所やから、何から何までようしてもらっとる。畑も借りて野菜を作っとるしな」

「そうか、それは良かった」

年を取ってからの転居とはいえ、東京のウィークリーマンションに住むのとはわけが違う。なんせ数十キロしか離れていないのだし、町の規模や人口だけでなく、風景もよく似ているらしい。それに、親戚が近所にいるとなれば何かと心強いだろう。

「親父さんはどうしてる？」

「あのあとすぐに免許返納して、今はお袋と一緒に畑仕事しとる」

「認知症は進んでるのか？」

「いや、たぶん認知症にはなっとらんと思う。それに、骨折させてしまった鳥山組の爺さんは、あのまま寝たきりになるかと思ってたら、東京の有名な病院で手術してもらったらしゅうて、ラッキーなことに歩けるようになった。それを聞いて、親父も肩の荷が下りて、笑顔が出るようになったわ」

「そりゃあよかった」

そのとき、前方のドアから書類を抱えた男性が入ってきた。

「みなさん、こんにちは」

紺色のスーツを着た四十代くらいの男性だった。日に焼けていて、にこやかな表情から覗く真っ白い歯が印象的だ。

「私はヒマワリ号のマネージャーの寺内と申します。今日一日、よろしくお願いいたします。それでは早速、ヒマワリ号の組織と仕組みの説明から始めます」

みんな背筋を伸ばして前をしっかり見ていた。これから独り立ちしようとするだけあって、さすがに熱心だ。

一時間半ほどして一旦休憩を挟んだが、立ち上がる者もほとんどおらず、自席でテキストを読み直している。その後の講義は一時間ほどだった。最後に「質問はありませんか」と講師が問うと、次々に手が上がった。実践に即した具体的な質問が矢継ぎ早に出て、みんな真剣だ。

研修が終わると、ロビーのソファに博之と並んで座り、話をした。

「博之、競争しようぜ。どっちが売り上げを伸ばせるか」

自分を鼓舞するように言ってみた。

「わいが雅志に負けるわけないやろ。中学も高校もわいの方が卓球うまかったし」

「卓球と関係ないだろ」

競い合うといっても、販売地域が違うから、足の引っ張り合いもなければ、会社勤めのときのように上司が誰かを褒めるたび嫉妬したり焦ったりすることもない。自分が儲けたからといって、博之が損をすることもない。二人とも、それぞれに頑張って稼げばいいだけだ。

「雅志、東京の方は大丈夫か？　ヒマワリ号の稼ぎだけではマンションのローンや息吹くんの教育費が出んのじゃないか？」

「住宅ローンは俺の退職金で繰り上げ返済したから、残りはだいぶ少なくなったんだ。だから、なんとかなりそうなんだ、うん」

自分に言い聞かせるように言った。

収入は減るが、両親を気遣いながら暮らすことができる。

「まっ、ええか。学費なんか気にせんでも」

博之は気楽そうにそう言った。博之の息子は国立高専を出て、とっくに就職している。だからそんなことが言えるのだ。そのうえ奥さんは、引っ越した翌日には保育士の職を見つけてきて、翌週から働き始めたというのだから、なんとも頼もしい。

「雅志、なんじゃ、その顔は。わいらは授業料が月額数百円の県立高校を卒業した。ほんで、そのあとお前は月額一万八千円の国立大学を出た。私立に行かせてくれん親を恨んだことが一回でもあるか？」

「それはない。考えたこともないよ。でもさ」

「ほうじゃろ。ほんやから金がなけりゃあ、息子を公立高校に転校させりゃあええんだ。ほんで授業料の安い大学に受からんかったら就職しろって言うたったらええわ」

「そんなこと言われてもなあ」

「雅志も高校のとき、親にそう言われとった。わいは当時、何回も聞かされたぞ」

「そうだったな。うん、確かにそうだった」

　だから必死で受験勉強したのだった。

「教育資金を聖域やと考えとったら、えらい目に遭うってテレビでも言うとったぞ」

「聖域？」

　言われてみればその通りかもしれない。歩美もそうだが、教育費を惜しむなんて発想は微塵もなかった。

「ともかく、わいは年収八百万円を目指す」

「それはすごいな」

「感心しとる場合か？　雅志、お前も目指せ」

「無理だろ。どう考えたって」

「お前は相変わらず夢のないヤツやな。いっつも客観的やし真面目過ぎるんだわ」

「はあ？　客観的で真面目なのを、褒められるんならまだしも、なんで責められなくちゃなんないんだよ」

　そう言うと、博之は愉快そうに笑った。

「もうええ加減、真面目は卒業しようや。どんな汚い手を使ってでも儲けよう」

「汚い手って、例えばどんな方法？」

　思わず声を潜めていた。

「それは、ええっと……今のところはひとつも思い浮かばんけど」

次の瞬間、互いに顔を見合わせて噴き出した。

「さっき、講師が言うとったやろ。売り上げの上位ランキングをネットで見られるって。わいの名前が載るのを楽しみにしとけよ、雅志」

いつの日か、自分と博之の名前が掲載される日が来ればいいけれど……。

まずは頑張るしかない。

23

どの地区を回るかを決めなければならない。

拠点となるのはスーパー但馬屋の川上(かわかみ)支店だ。そこから車で回れる範囲でエリアを絞(しぼ)っていく。そして、もちろん実家のある集落を含める。

聡美によると、縄張りを決めるのは早い者勝ちだという。後から新たに販売パートナーが参入したとしても、既に先駆者がいる所を回ることはできない決まりだ。

幸運なことに、川上支店の東側を回る販売パートナーは自分が初めてだったので、エリアは選びたい放題だった。だがそうなると、今度は絞り込むのに頭を悩ませた。

住宅地図をコピーして、事務局に行き、聡美と検討した。

「だいたい、この辺りがええんやないの？」

聡美は人差し指で地図の上を丸くなぞった。思っていたより広範囲だった。

「全部で何軒くらいになるかな」

「四千軒くらいあるけど、ここから絞り込んでいけばいいよ」

「どうやって？　何か基準があるのか？」

「まずは一軒一軒に挨拶に回らんとね」と、こともなげに聡美が言う。

聞き間違いかと思った。

「冗談だろ。もっと効率的に一気にどうにかできないのか？」

「面倒臭いと思うだろうね。でも、この地道なやり方が最短で確実なんよ」

家々の郵便ポストにチラシを入れるだけでは、見ないで捨てる人がほとんどだという。

「実家の近所の人は猪狩くんのこと、よう知っとるんやろうけど、ほかの地区では、どこの誰ともわからん人間をなかなか受け入れてはくれんよ。特に食べ物となるとね、警戒する人もおる」

「そうか、そういうもんか」

聡美によると、一軒ずつ訪ねていってヒマワリ号の説明をし、販売に伺ってもいいかどうかを尋ねるのがよい方法なのだという。

週に二回というのが、客から最も求められる回数だということは、千映里からも聞いていた。売り上げから考えても効率がいいらしい。週に一回だけだと、魚や肉は一週間分をまとめ買いして冷凍しなければならない。まとめ買いに慣れていない老人も多いし、解凍に手間がかかって不満を持つ人も少なくない。そうなると、他に買い物手段を求めるようになる。近隣に住む子供や孫にスーパーに連れて行ってもらい、ヒマワリ号から離れていく人もいる。かといって、週三回になると頻繁過ぎて、買うものがない。

それにしても、四千軒という数があまりに多すぎて、途方に暮れていた。一軒ずつ訪ね歩くなんて無理じゃないのか。

だが聡美が言うには、最初は誰しも文句を言いながらも結局はそれをやり遂げ、後になって、やってよかったと口を揃えるらしい。

そこまで言われたら、騙されたつもりでやってみるしかなかった。

聡美が助手席に乗ってくれ、回る予定の住所の一覧を渡してくれた。

同級生であっても礼儀正しくビジネスライクに付き合おうと決め、結婚後の姓の藤本さんと呼ぶことにした。馴れ馴れしくされるのもするのも居心地が悪いし、千映里のときのように、行く先々で夫婦かと問われるのも面倒だった。

一軒目だった。

聡美が玄関チャイムを押した。

「こんにちは、スーパー但馬屋です」

聡美が明るく元気な声を出した。「ヒマワリ号」と名乗るよりも、馴染みのある老舗のスーパーを名乗った方が人々は安心するのだという。

男が突然訪ねていくと、誰しも警戒するだろうと考え、自分は聡美の後ろで黙って立っていることにした。

「はーい」

声が聞こえたと思ったら、すぐに玄関ドアが開き、四十代くらいの女性が顔を覗かせた。

聡美が弾けるような笑顔で、さっきと同じように挨拶をした。聡美の後ろで、自分も頭を下げた。知らず知らずのうちに、聡美の陰に隠れようとしていた。玄関に立つ女性が、聡美ではなくこちらを無遠慮にじろじろ見るからだ。まるで犯人でも見るような目つきだった。

既にこの時点で、自分は商売には向いていないのではないかと、ものすごい後悔に襲われ始めていた。

無謀なことをしようとしているのではないか。本当に会社を辞めてしまってよかったのか。高給取りではなかったが、それでも平均的な収入を得ていた。それを棒に振った自分は愚か者だ。

だが、来週には新車——特別仕様の小型トラック——が届く予定になっている。

ああ、今さら後悔しても、もう遅い。

「猪狩くん、ほら」と、聡美に背中を押されて前面に出た。

「私、猪狩と申します。えっと、お忙しいところお邪魔して申し訳ありません。このたび、あのう、移動スーパーを始めることになりまして、それで、その、ご挨拶に回らせていただいております」

「ヒマワリ号でしょう？　助かるわあ。ずっと前から、うちの方にも来てくれたらええのになあって思っとったんよ」

その言葉で、さっきまでの暗い気分が一気に吹き飛んだ。

「本当ですか？　それはありがとうございます」

まずまずの手応えではないか。これは幸先がいい。

「四月からこちらの地域を回ろうと思うのですが、よろしいでしょうか」

精いっぱいの笑顔を作って尋ねた。

「もちろんやわ。四月まで待ち遠しいわあ」

気をよくして隣家へ行くと、そこでも嬉しそうな顔で、「四月と言わんと、明日から来てほしいくらいやわ」と言われた。

次々に訪ねていったが、ほとんどが好意的だった。もちろん、中には怪訝な顔でじっと見る年寄りもいた。世の中はオレオレ詐欺だの悪徳商法だのが溢れているから無理もない。

どの家も玄関ドアを開けて顔を見せてくれた。東京だとこうはいかない。この辺りとは違い、カメラつきインターフォンが普及しているから、家の中に設置されたモニターで訪問者を確認し、見知らぬ人物なら玄関先には出ていかない。「結構です」「間に合っています」などと言って、説明を聞くことも拒否する。現に、自分たち家族も東京ではそうしている。

「あら？　もしかして藤本司くんのお母さんやないの？」

そう言って、聡美に尋ねた五十代くらいの女性がいた。

「そうです。藤本司の母です」

聡美がにこやかに答えると、女性は聡美に駆け寄ってきて手を握った。

「すごいわねえ。ああいう子を育てるなんて、尊敬するわ」

何の話だろうと思っていると、「知らんの？」と、その女性はこちらを向いた。「藤本司くんはプロ野球の選手になったんよ。この辺りじゃ有名人よ」

「ありがとうございます。それでは、ヒマワリ号をよろしくお願いします」

聡美はそう言うと、さっさと車に戻っていく。慌てて追いかけて運転席に乗り込んだ。

「猪狩くん、車、すぐ出して」

「わかった」

すぐにエンジンをかけて出発した。聡美の表情が強張っていた。

次の集落までは少し距離が離れていたので、ヒマワリ号のテーマソングを止めると、車内はシンとした。

「うちの息子ね、プロ野球に入ったの」

「すごいね。知らなかったよ」

この前のプチ同窓会でもそんな話題は出なかったし、両親からも聞いたことはなかった。

「でも、すぐにダメになった。戦力外通告されて」

「……そうだったんだ」

今は何をしているのだろう。

聡美の横顔が、「それ以上は聞いてくれるな」と言っているように見えた。

「夢を追いかけるって難しいね」

聡美が寂しそうにポツンと言った。「息子が精神的に不安定になってから、私は猪狩くんを思い出すことが多くなったよ」

「俺を？　なんで？」

聡美とは中学が同じだけで小学校も高校も別だ。中学時代に親しかった覚えもない。

「猪狩くんみたいな生き方が正しいと思った。うちの息子にも猪狩くんみたいな人生を歩ませた方がよかったんやないかって、私ずっと後悔しとった」

「えっと、それはどういう意味で？」

「要は、夢を追わんで堅実なサラリーマン人生を歩んどるってこと。ほんやから、猪狩くんがヒマワリ号をやるって聞いたときは心底びっくりした」

「何言ってんだよ。勧めたのはそっちだろ」

「あれは冗談で言ったんよ。ほんだって年老いた親が心配やからって、なんぼなんでも妻子を東京に残して会社を辞めてまで帰ってくるとは夢にも思わんかったもん」

「そんな……」

「でも嬉しかった。猪狩くんを見とったら、何歳になっても人生やり直せるってわかったから」

「ちゃんとやれるかどうか、まだ全然わからないけど」

「頑張ってよ」

「もちろん頑張るよ。それに、感じのいいお客さんが多くて助かった。みんなヒマワリ号が来るのを楽しみにしてるって言ってくれてホッとしたよ。なんとかやっていけそうだ。だけど当然と言えば当然だよね。買い物に困っている人ばっかりだもんな」

「猪狩くん、その考えは甘いわ」

聡美がぴしゃりと言った。

「おばさんという生き物を猪狩くんは知らん。おばさんは愛想だけはええけど、本心で言ってるかどうかは全くの別物なんよ」

「えっ？」

次の集落が近づいてきたので、テーマソングを鳴らした。

「少し手前で車を停めてくれる？」

聡美がそう言うので車を停めると、

「お客さんの反応をこんな風に書いてみて」

そう言って、聡美は住所が書かれた一覧表を差し出した。「ごめん。これは最初に言うべきやった。うっかりしとった」

その紙は、他の運転手が回る住所の一覧表だった。見ると、一軒ごとに◎、〇、△、×のいずれかの印がつけられていた。

「二重丸は毎回絶対に買い物に出てきてくれそうな人、一重丸は絶対ってほどでもないけど、楽しみにしていてくれる人、三角は他にも買い物手段があるけど、何と言ってもヒマワリ号は便利やから、毎回やないけどちょくちょく買ってくれそうな人、×

はどう考えても利用してくれそうもない人」

「なるほど」

「いざヒマワリ号で回ったときに、ほとんど誰も家から出てこなくてびっくりしたことがあるんよ」

「えっ、そんなことがあるのか?」

「あんなに愛想が良かったのに信じられんかった。仕方なくコース変更して、やっぱりこの地域は回りませんとなると、買い物に出てこないくせに『ええ加減な人間や』って陰口叩かれるからね」

「うわあ、嫌だなあ」

「はい、次から印つけてね」

ボールペンと用紙を受け取ってみたものの、戸惑っていた。愛想笑いの奥に隠れた本心なんて、自分には見抜けそうにない。

「そんなに考え込まんでもええわ。直感でええから」

直感で本心を探るなんて神業だ。さっき回った家のほとんどが大歓迎といった感じで応じてくれたのだった。だから、全部◎になってしまい、聡美に笑われた。

「昔は秀才やったくせに」

「そんなこと言われても」

「ほんでも無理もないわ。中高年の女の人の愛想笑いは筋金入りやもん」

「藤本さんなら見抜けるの？」

「あんまり自信はないけどね」

「だったら男の俺なんか絶対無理だよ」

「そうかもね。若い奥さんなら、見るからに愛想笑いって感じの人もおるけど、中高年は年の功で、心の底からの笑顔みたいなんを装うのがうまくなっとるからねえ。女の人は、いっつもニコニコしとらんと舅や姑ともうまくやっていけんし、近所の人とのつきあいも笑顔が潤滑油だからね。そうせんと生きてこれんかったわけやし」

聡美は、自分の暮らしに思いを馳せたのか、大きな溜め息をついた。

「猪狩くんには、この印をつけるのは無理かもね。私なら七割方はわかるけどね」

聡美が鼻で嗤ったので驚いた。男のお前には無理だ、努力では補えないものがあると決めつけてくる。意外な一面があるらしい。癪に障ったが、世話になっているので不快感を表すわけにもいかない。それに聡美は、右も左もわからない自分に親切に仕事を教えてくれる先輩でもあり、優しい面もある。だがそれにしたって……。

いや、そんなことはどうでもいいのだ。

最終目的――この仕事で成功する――のためにはこまごました不満や諍いなどはできる限り心の中から追い出して、目的だけを目指す。それは、長いサラリーマン人生の中で得たものだった。

地道に一軒ずつ開拓していくしか道はない。

一日のうちに、これほど多くの人と出会って挨拶を交わしたことは初めての経験だった。今日は挨拶だけだったが、今後は少しずつ信頼関係を築いていかなければならない。

地域の人々に好かれる自信はないが、少なくとも怪しいヤツだと思われないように気をつけねば。


家に帰ると、庭に停めてある父の車に擦り傷がまたひとつ増えているのが、遠目にも見てとれた。

家に入ると、母は台所で料理をしていて、父はテレビの前に座っていた。

「親父、車の傷、どうしたんだよ」

「ああ、ちょっとな」

そう言うが、テレビから目を離そうとしない。だが、父が興味を持つとは思えない騒々しいバラエティ番組だった。

「俺がいるんだから、運転する必要ないだろ。どこに行ったんだよ」

「碁会所じゃ」

「危ないじゃないか。いったい何にぶつけたんだよ」

「ぶつけたりしとらん。ほんの少し擦ったただけじゃ」

声が聞こえたのか、母が台所から出てきて顔を顰めて言う。

「ほんに危ないのう。でも碁はお父さんの唯一の趣味やからのう」

スーパーに連れて行って食料品を買うだけではダメなのか。そりゃそうだろう。買い物さえできればいいってもんじゃない。

それに、本格的にヒマワリ号を始めれば、自分は早朝から夕方まで家を空けることになる。そうなれば、病院や碁会所へ行くのに父が運転せざるを得ない。

「こうしたらどないじゃろ」と母が言った。「私が助手席に乗ることにするわ。ほんで、雅志の同級生らに教えてもらった十箇条を、お父さんがきちんと守っとりんさるかどうか、私が監視することにする」

「本当にそれだけで大丈夫なのかなあ」

「お前らしつこいのう。ちょっと擦ったくらいで」

父がさらに不機嫌になっていく。

「出発する前に、『お父さん、ブレーキはどっちですか、アクセルはどっちですか』って私が確認してあげる」

「だけど母さん、碁会所までついていって、それからどうするの？　終わるまで何時間もずっと待ってるつもり？」

「それもそうやな。碁会所でお父さんが終わるのを待っとるのはしんどいのう」

そのとき、父はいきなりテレビを消して、こちらを振り返った。

「わしは決めた」

「親父、決めたって、何を？」

「わしは車を買い替える」

「え？」

「自動ブレーキ付きの軽に買い替える。母さん、それくらいの貯金はあるんじゃろ？」

「そりゃまあ、それくらいは、あるのはあるけど」

「今度わし、中古車販売の店に行ってみる。雅志、お前もつき合え」

「そう来たか。あんまり車の性能を過信しない方がいいと思うけどね、だけど……」

説明だけでも聞いてみる価値はある。父に認知症の傾向は見られないし、家から碁会所までの間には、保育園も学校もない。夜は運転しないし、もちろん酔っ払い運転もしないしスピード狂でもない。

そう考えると、あと数年くらい運転しても大丈夫ではないかと思えてくる。たった数年のために、車を買い替えるのはもったいない気もするが、親の蓄(たくわ)えを親がどう使おうと、息子の自分がとやかく言う筋合いでもない。

「中古車屋、つき合うよ。今度の休みに行ってみよう」

性能や車種についてネットで調べておこう。

その夜も、歩美と息吹とスカイプで話をした。このところ毎晩だ。たわいもない話ばかりだが、東京にいた頃よりぐっと会話が増えていた。

24

ヒマワリ号の新車が届いた。

野菜や果物の絵がカラフルに描かれていて、両脇には陳列棚があり冷蔵庫もついている特別仕様だ。傷ひとつないピカピカの車体を撫でているうち、これが自分の唯一の商売道具だと思うと愛着が湧いてきた。

集落を回る道順も決まった。この二ヶ月の間に、販売に伺うことを約束できた家を線でつなぎ、三つのルートを決めたのだった。停車して店開きする場所は、ちょうど三十ヶ所になった。

いよいよ開業だと思うと、身が引き締まる思いだ。

こんな新鮮な緊張感は久しぶりだった。

開業する二日前にスーパーに行った。生鮮食料品以外の食品と日用品を積み込むためだ。調味料、袋菓子、ティッシュ、洗剤、カップラーメン、インスタントコーヒー、缶詰、ふりかけ、鰹節など全部で約六百点にもなった。

どんどん緊張感が高まってきた。鏡を見て笑顔の練習もした。

開業当日は朝七時にスーパーに行った。その日の朝に入荷したばかりの肉、魚、チルド品や牛乳を冷蔵庫に詰め込み、野菜、果物、和菓子、洋菓子、卵、惣菜、弁当やパンなど全部で約二百点を詰め込んだ。

この作業に、なんと三時間近くもかかってしまった。そして、その時点で疲れ果てていた。販売は、十時半から十七時くらいまでの予定で、そのあと店に戻って簡単な会計処理をすることになっているが、それまで体力がもつのかと不安になる。日頃から身体を鍛えておくべきだったと後悔しても、もう遅い。

唯一の救いは今日が土曜日であることだった。明日休みだと思えば、なんとか頑張れそうだ。いや、頑張るしかないのだが。

出発直前に、スーパーの店先で店長はじめ従業員たちが出発式をしてくれた。テープカットまで用意されていた。嬉しいような恥ずかしいような気持ちで、テープに鋏(はさみ)を入れると、一斉に拍手が沸き起こった。

「猪狩さん、頑張ってください」

「応援してます」

盛大に見送られながら出発した。

バックミラーを見ると、店の前で手を振る従業員たちがいた。聡美と一緒のときは気にならなかったのに、一人になってみると、本当にこんなに大音量でもいいのかとドキドキする。

最初の集落が近づいてきたので、テーマソングをかけた。

あれっ？

最初の場所は、県道から少し脇道に入ったところにある空き地だ。

誰もいなかった。

嘘だろ。

千映里の車に乗ったときは、既に主婦たちが集まっていて、今か今かとヒマワリ号を待っていたのに。

聡美から渡された用紙に二重丸ばかりをつけた自分の甘さを思い知らされていた。あんなに愛想よく応じてくれて、「楽しみにしとるよ」、「本当に助かります」などと口々に言ってくれたのは何だったのか。

仕方なく車を降り、荷台の扉を開けて店開きをした。これだけ大音量でテーマソングが鳴っているのだ。ひとりくらいは家から出てきてくれるのではないかと祈るような気持ちで待った。

　そのとき、すぐ目の前の家の二階から女性が顔を覗かせたのが見えた。目が合ったような気がしたので、「こんにちは、ヒマワリ号ですっ」と声を張り上げて挨拶すると、女性は何も言わずに顔を引っ込めてしまった。まさかの展開だった。

　呆然(ぼうぜん)とその場に突っ立っていると、背後から声が聞こえてきた。

「何でも売ってるんやなあ」

「美味しそうなパンがある」

　母と同年代の女性二人組だった。

「お早うございます。どうぞ見ていってください」

　二人とも返事もせずに、商品を見て回っている。無視されたのかと落ち込みかけたが、店とはそういうものだと思い直した。自分だって買い物に行ったとき、店員が「いらっしゃいませ」と声をかけてきても、いちいち返事をしたりしない。

　向こうから若い母親が歩いてくるのが見えた。ベビーカーに赤ちゃんを乗せている。

「いらっしゃいませ」

　威勢のいい声を出したつもりだったが、つい気後れしてしまい、語尾が消えかけた。

　若い母親はちらりとこちらを見ただけで、にこりともせず、ジーンズのポケットからメモ用紙を取り出すと、備えつけのレジカゴに次々と商品を入れていった。椎茸に小松菜にこんにゃく。そして勝手知ったる店とばかりに、迷わず冷蔵庫を開けて、牛乳と豚ロースとチーズを取り出してカゴに入れた。

ヒマワリ号が今日来ることをちゃんと覚えていてくれたばかりでなく、買うものを前もってメモしてきてくれたのだ。それを思うと嬉しさが込み上げてきた。

「ありがとうございますっ」

レジを打ち終わって袋に入れていると、若い母親はベビーカーに引っ掛けていた小さなバッグから一枚のチラシを取り出した。スーパー但馬屋のものだった。今朝早くに家を出て来たので、新聞には目を通していなかった。だからチラシも見ていない。

「これ、今日の朝刊に入ってたんですけど」

そう言って、チラシを広げて一点を指さしている。やはりにこりともしない。

「このシーツが欲しいんです。ブルーのシングル。こういうのをヒマワリ号さんにお願いするのは無理ですか？」

「もちろんいいですとも」

そう言いながら、頭の中で素早く計算していた。シーツ一枚の値段は三千九百八十円だった。食料品よりずっと単価が高いから儲けも大きい。

「来週水曜日にこの地域を回るときでよければ持ってきますよ」

「本当に？　助かります。ダメ元で言ってみたんですよ」

その女性は初めて笑顔を見せた。「この子がいると、なかなか買い物に行けなくて」

とベビーカーに目をやる。「うちはダンナの帰りも遅いし、私は免許は持っとるけどペーパードライバーやし」

「スーパー但馬屋に置いてあるものだったら、何でも持ってきますよ。これからも遠慮なくおっしゃってください」

「チラシに載っとらんもんでもええの？」

「もちろんです」

「助かるわあ」

「免許を持っておられるんなら、運転すればいいのに」

不躾（ぶしつけ）かとも思ったが、気になったので言ってみた。赤ん坊がいるのだから車を運転した方が何かと便利だろう。

「恐いんです。運転に向いていないというのか。私の周りにもそういう人、多いです」

「確かに向き不向きはあるかもしれませんね」

この間、聡美たちがうちに集まったときにも、そういった話題が出た。

「お兄さん、今の話、本当？　何でも持ってきてくれるの？　それやったら私、この食パンやのうて、全粒粉の八枚切りのを持ってきてほしいわあ」

そう言ったのは、いつの間に出てきたのか、さっき二階の窓から見ていた女性だった。

「わかりました。次回から必ず持ってきます」

そう答えると、その女性は弾けるような笑顔になった。

釣られてこちらも自然と笑みが出る。

五人が買い物してくれた。初めてだからか、みんなたくさん買ってくれた。

「お兄さん、レジ、なかなか素早いね」

「はい、練習を重ねましたから」

「これからも頑張ってね」

「待っとるからね」

「ずっと続けてもらわんと困るよ」

「ありがとうございます。次は来週水曜日に来ますので、よろしくお願いします」

車に乗り込んで、次の停車場所に向かった。

前方に人が集まっているのが見えた。九十歳以上と思える枯れ木のような男性が一人と、八十歳前後の女性が三人、そして六十歳前後と見える女性が五人いる。

車を降りて店開きの用意をしていると、お客さんが互いに挨拶している声が聞こえてきた。

「お久しぶりじゃ。最近ちっとも顔見んかったけど」と枯れ木の爺さんが言った。枯れた雰囲気特有の、こざっぱりとした清潔感のある人物だった。

「そりゃこっちの台詞じゃわ。どうしとんさるかと思っとった」と八十歳くらいの女性が応えている。

「孤独死しとるんやないかと思っとったんじゃろ。残念でした。わしはまだ死なん」

やはりこの辺りでも、すぐ近所に住んでいるのに顔を合わせることが少ないらしい。

「私、最近になって押し花教室に通っとるんよ。あんたもやらん？」

六十代くらいの女性が、同年代の女性に話しかけている。

「押し花？　そんなんして儲かるんか？」

「まさか、趣味やがな、趣味」

「暇やから、通ってみてもええけど」

「ほんなら次にヒマワリ号が来たときに申込用紙を持ってきたげるわ」

ヒマワリ号の停車場所が待ち合わせに使われることは嬉しいことだった。自分が子供だった頃は人も店も多く、こういった場面がたくさんあった。今はどこも閑散として、いずれ故郷がなくなるのかと寂しい気持ちになっていたところだった。

早朝にヒマワリ号に食料品を積み込んだ時点で疲れ果てたと思っていたが、停車場所に車を停めるたびに、人が集まっているのを見るとほっとした。この調子でいけば売り上げも期待でき、ヒマワリ号で生活が成り立つのではないか。そう考えると、気分が高揚してきた。

「あんたはんが来てくれんさったから大助かりじゃわ」と話しかけてきたのは、枯れ木の爺さんだった。

「わしは息子や娘にうるそう言われて免許を返納したんじゃ。途端に不便になったけど、ヒマワリ号はわしの好きなフライビーンズも売っとるし言うことないなあ」

「今後も何卒御贔屓に」と言いながら、素早く心の中でメモをした。

——フライビーンズを欠かさないこと。

そんな調子で、なんとか二十六ヶ所を回った。残すはあと四ヶ所だ。

もう少しだ。頑張ろう。明日は休みだ。

対向車とすれ違うたびに、自然と運転席に目が行くが、ほとんどが年寄りばかりだった。六十代なら若い方だと思えるほど、少子高齢化の波が田舎では顕著だった。

最後の停車場所は、実家の門を入ったところだ。

ヒマワリ号に乗ったまま門を潜ると、縁側にずらりと人々が座って待っていた。お茶や漬物や饅頭が運転席から見えた。まるで茶話会のように賑やかだ。老犬トーマスも母のそばで尻尾を激しく振っている。

車を降りると、「やっと来たか。遅かったのう」と父が言った。

「予定より五分早いよ」と言いながら、腕時計で確かめた。

「それはわかっとる。近所の人らが一時間も前から縁側に集まってきとって、まだかまだかとみんなで楽しみに待っとったんじゃ」

そう言って、父は苦笑した。

停車場所を門の外にすべきだったかと、ふと後悔がよぎった。

今日は楽しそうだが、そのうち鬱陶しいと感じる日が来るのではないか。賑やかにはなったけれど、煩わしい人間関係がついてくるデメリットもある。一長一短だ。

だが、週にたった二回のことだし、とにもかくにも、両親の日常に少しでも変化と刺激をもたらす方がいい。ウィークリーマンションにいた頃の父のうつろな目つきに比べたら、なんと生き生きしていることか。

ヒマワリ号を始めたことで、賑やかな光景を久しぶりに見た。こんなふうに地元の人たちが集まって楽しそうに話しているのを見たのは子供のとき以来だ。途絶えていた地元民同士の関わりを復活させたという自負が芽生えた。歩美や息吹にも堂々と誇れる仕事だと思えてくる。

近所の人々は、こちらの転職祝いも兼ねているのかと思うほど、たくさん買ってくれた。その分、次回の買い物は少ないかもしれないが。

販売をすべて終えてスーパーに戻ると、各部門の担当者が商品の引き取りに倉庫の外まで出てきてくれた。

それぞれに返品数を数えながら渡していく。生鮮物をすべて引き渡し終えると、精算作業に入った。ハンディーターミナルに打ち込んだ販売数を店内のプリンターで印刷し、本部にファックスで送信する。

あれ？

お釣りの入っているケースの金額と計算が合わなかった。たった六十円の違いだが、頭も疲れているからなのか、なかなか合致せずに全部見直すことになり、時間がかかってしまった。

そのあとは、車の清掃と消毒をして、帰宅した。

自宅に帰ると、囲炉裏の前に倒れ込んだ。眩暈がしそうなほど疲れていた。

慣れない積み込みから始まり、慣れない車種の運転、慣れない道、経験のない接客と販売……全神経を遣ってやり通した。

身も心も緊張してぐったり疲れていたが、充実感でいっぱいだった。

やっぱり今日が土曜日で正解だった。

その夜も、スカイプで息吹や歩美と話をした。

「父さん、顔が輝いてるよ」

「そんなことないよ。疲れ果ててるんだからさ」

「でも何か嬉しそうな顔してる」

そう言って、画面に映った息吹が笑った。

25

あっ、猿だ。

猿が目の前の畑をのんびり横切っている。

子供の頃は見たこともなかった。田舎に住んでいるとはいっても、猿を見るのは都会にある動物園と決まっていた。

今も昔も、冬になれば山に食料がなくなるという点では同じだろう。だとしたら、今までどうやって生き延びてきたのかと、猿に問いただしてみたくなる。

猿までが文明に侵されてしまい、動物としての本能や知恵を忘れてしまったとすれば、それはまるで、自分や息吹を見ているようだと思う。その一方で父や母は、畑を耕し、山や川から食材を採ってきて保存食を作る。母は衣類や寝具を器用に修繕し、父は自転車や古いラジオを修理する。それらの知恵を自分は、ほとんど受け継いでいない。

学生の頃、農作業や家の手伝いをしたことはあっても、親に言われた通りにやっていただけだった。あくまでも「手伝い」であって、命じられたことだけは責任を持ってやったが、全体の流れなどは全く考えていなかった。

だが自分はまだましな方だ。その程度ではあっても、いつも視界の隅には両親の働く姿があったし、両親の仕事を理解していた。だが息吹はどうだ。親が働く姿すら見たことがない。コミュニケーションも圧倒的に不足していた。

そのとき、猿がこちらへ向かってくるのが見えた。

ええっ。

十数匹もいる。信じられない光景だった。

背中に子猿がしがみついている。小さな体に柔らかそうな毛並、無垢な丸い目でこちらを見ている。そのあまりの可愛らしさに目を奪われていた。

「ヒマワリさんっ」

おばあさんに声をかけられて、ハッと我に返った。いつの間にかヒマワリさんと呼ばれるようになっていた。

「ぼうっとしとったらあかんがな。気いつけんと、お猿さんに取られるよ」

別のおばあさんに大声で注意された。

「リンゴやバナナや美味しそうなもんをようけ荷台に積んどるんやから」

「あっ、そうでした」

追っ払わなければと思うのだが、どうしていいのかわからなかった。田舎で生まれ育ったのに、対処法がわからない。

「どうすればいいんでしょうか」

尋ねてみるが、年寄りたちも経験がないのか、すぐには答えられないようだった。

猿たちは距離を保ったまま、それ以上近づいてこようとはしなかった。大音量の音楽が恐いのかもしれない。遠くからじっとこちらを見ているだけだ。

とはいえ、安心してはいられない。観光地などで猿が土産物を奪うのをテレビで見たことがある。

慌てて事務所に電話すると、聡美が出た。

――猿を追っ払う道具がある。玩具の銃でな、丸い小さな弾が出るんよ。猿はそれで十分威嚇できる。スーパーの玩具売り場に売っとるよ。

礼を言って、帰りに買って帰ろうと決めた。それまでは、これ以上近づいてくるなよと、祈るような気持ちで猿を見守るしかなかった。

次の停車場所へ向かう途中、県道を運転していると、前方の路肩に乗用車が停車しているのが見えた。ずいぶん山側に寄っていると思っていたら、近づくに連れ、山肌と車体が接触しているのがわかった。

見覚えのある車だった。

まさか、親父の車？

急ブレーキをかけて、その車のすぐ後ろにヒマワリ号を停めた。

車を降りて慌てて駆け寄り、乱暴に運転席のドアを開けた。

「親父、大丈夫か？」と、大声を出した。

「大丈夫かって、何のことじゃ？」

父は、わざとらしいほどのんびりした声を出してすっとぼけた。

それとも、これが認知症の始まりなのか？

「わしはまだボケとらんぞ。ちょっと手許が狂っただけじゃ」

「……そうか」

ここで怒ってみたところで仕方がないのだった。

自分が田舎に帰ってきたとは言っても、一日中ヒマワリ号の仕事で家を出ているのだから、こまごました用事を肩代わりすることもできない。

自動ブレーキのついた軽自動車もまだ買っていなかった。販売店に見に行ったのだが、なかなか気に入るものがなかった。以前とは違い、中古車の値段が驚くほど上がっていたこともある。

それよりも心配だったのは、父が試乗したときの様子だった。販売店のある区画を一周しただけなのだが、操作にまごついてしまい、この調子では新しい車に慣れるのに時間がかかるだろうと思われた。

車が傾いていたので、前側に回ってみると、左の前輪が側溝に落ちていた。

「こりゃあレッカー車だな」

「大型トレーラー車が悪いんじゃ。すれ違ったとき、向こうが図々しく大きゅうはみ出してくるもんやから、仕方なくわしが脇によけてやったらこのざまじゃ」

語尾が消えかかり、表情が暗い。強気な言葉とは裏腹に、精神的にも参っているように見えた。

「この道は結構広いと思ってたけど、大型車だとカーブはきついかもね」

「ともかく雅志、わしのことは放っといて仕事に戻れ」

言われるまでもなく、のんびりしている暇はなかった。ヒマワリ号の仕事がまだ残っている。父の車は幸いなことに山側の路肩に目いっぱい寄っているし、なんせ交通量が少ないから、少しの時間なら放置したままでも大丈夫だろう。

そう判断し、父をヒマワリ号の助手席に乗せて、次の停車場所へ向かうことにした。今日は実家に寄るコースではなかった。

「ほう、トラックの座席は高うて、よう見えるの」

父は楽し気な声を出した。既に気持ちが切り替わったらしい。

亭主関白で気難しいところがある反面、拍子抜けするほどあっさりした性格だった。自分は気持ちをいつまでも引きずってしまうタイプで、父の気性は残念ながら受け継いでいない。

「なるほど、これは面白いのう」

父は、まるで外国でも訪れたかのように、助手席から見える人々や風景に興味津々の様子だった。特別に変わった人や面白い人物がいるわけでもないし、実家の近所の人々と比べて習慣や風習が違うわけでも、もちろんない。そもそも同じ市内なのだ。家々も田園風景も、都会から来た人なら道に迷ってしまうほど似通っている。それなのに、父にとっては物珍しいようだった。

「ほう、ここらの集落は赤ん坊が結構おるんだな」とか、「こんなええ道路ができとったのか」とか、「はあ、ここにトンネルができたとは知らなんだ。昔は海まで遠かったんじゃが、ごっつい近うなっとる」とか、「小学校が建て替えられたとは知らなんだ。ハイカラな校舎じゃのう」などと、いちいち驚いたり感動したりしている。

「うちからほんの数キロしか離れてないのに、知らなかったのか？」と尋ねた。

「知らん。さっき見たハイカラな小学校のある集落に最後に行ったんは、わしが小学生のときじゃ」

「えっ、本当？　七十年ぶりってこと？」

「そうじゃ。そのひとつ前にヒマワリ号を停めた集落には初めて行った」

「初めてって、まさか、生まれて初めてってこと？」

「そうじゃ」

「こんなに近所なのに、そんなことがあるのか」

「家から駅方向へは誰でもしょっちゅう行く。買い物や役所の手続きなんかもあるからな。だけど、それ以外の集落には親戚でもおらん限り行かん」

「そう言われればそうか。親父、妙に楽しそうだったな」

「ああ、ごっつい楽しかった。帰ったら母さんにも報告したらんといけんのぅ」

同じような集落に見えても、父にすれば色々と発見があるらしい。

その後、ヒマワリ号の仕事をすべて終えてから、車を放置した場所へ戻った。

「やっぱりレッカー車を呼ばないとだめだよね」

「その前に雅志、やれるだけのことはやってみんといかん」

「そうは言っても、いったいどうやって……」

「雅志、ここの溝は案外浅いんじゃぞ」

父はすっかりショックから立ち直っただけでなく、やる気満々だった。

「わしが指示を出すから、雅志、お前が運転しろ」

どういう指示なんだ？　訝しく思いながらも、父が自信ありげなので従うことにした。

運転席に座ると、父は助手席に乗り込んだ。

「脱出したい方向に目いっぱいハンドルを切れ。そう、そうじゃ」

父の声が張りきっている。「ほんで、ゆっくりアクセルを踏め」

父の言う通りにやってみたが、タイヤが空回りするだけだった。

「あかんか。ほんならジャッキアップしよ。車載工具があるはずじゃ」

ジャッキアップなんて、もう何十年もやっていなかった。冬にタイヤを付け替えることも都会ではしなくなった。最後に息吹をスキーに連れて行ったのは、息吹が小学生の頃だ。

「お前がやれ。年寄りがやるのは大変じゃ。工具も重いし、鈍うなっとるから指を怪我してしまう」

父の指図のもと、自分が工具をセットした。

「溝より高い位置まで持ち上げるんじゃ。そうじゃ、うまいぞ、雅志」

うまいも何も、回すだけじゃないか。

「そうじゃ、いい調子だぞ」

もう少しで噴き出しそうだった。自分はもう五十代なのだ。だが、親からすれば、子供は何歳になっても子供であるらしい。

「雅志、ちょっとそのまま待っとれよ」

父はヒマワリ号に戻り、助手席から分厚い板を持ってきた。ついさっきヒマワリ号で回った集落の空き地で父が拾ったものだった。あのとき既にジャッキアップを念頭に置いていたのだろうか。

　タイヤと道路の間にできた隙間に、父はその板を器用に潜（もぐ）り込ませた。

「これでどうじゃ。雅志、さっきの要領でゆっくりアクセル踏んでみぃ」

　ジャッキアップの工具を外すと、タイヤが板の上に載った。

　運転席に戻ってアクセルを踏むと、すうっと前へ滑り出た。

「ああ良かった。レッカー車呼ばずに済んだね」

「そうじゃろ。わしの言う通りにしたら、だいたい何でも大丈夫なんじゃ」

　父は上機嫌で、自慢げに鼻孔を膨らませている。

「よかったな、雅志」

「うん、ありがと」

　あれ？

　どうしてこっちがお礼を言わなきゃならないんだ？

「頑張れば何でもできるぞ、雅志」

「うん……そうだね」

　父の運転が原因で側溝に落ちたというのに、なぜか自分が励まされている。

「じゃあ俺はヒマワリ号を運転するから、父さんはこの車に乗って、後ろからついてきて」

「おう、わかった」

「ゆっくり運転するけど、いいかな？」

「ああ、それがいい」と、父は意外にもあっさり言った。

制限速度を守るとノロノロ運転になった。

後続車が来たときはハザードランプを点けて脇に寄った。父も素直にそれに従った。

26

その停車場所には早めに着いてしまったが、既に女性客がひとり待っていてくれた。高田久子さんだ。たぶん六十代半ばくらいだろう。ヒマワリ号に載せていない布巾やスライサーなどを頼まれたことがあり、そのときに名前と電話番号を知った。

運転席から降りて準備を始めると、久子さんがすっと近づいてきた。

「ヒマワリさん、あんた山北地区も回っておられるんか？」

なぜか早口だった。久子さんは、ほかの女性たちと違って無口で、どちらかというと、あまり笑わない性分だ。

「はい、山北地区なら回ってますけど？」

釣られて早口で答えていた。

荷台のドアを開ける間も、久子さんは後ろにぴったりついてくる。

個別注文があるのなら、あとにしてほしいのだが。

「あのね、その地区に私の娘が住んどるんやけどね、うちの娘もヒマワリ号の買い物に出てきとるんやろか」

「娘さんですか？　どんな感じの方でしょうか」

「うちの娘は身長が百五十八センチくらいで、ちょっとぽっちゃりしとる」

ほとんどの女性がそれに当てはまるような気がした。

「どの人なのか、ちょっとわかりませんけど……」

野菜や果物の乱れたところを並べ直し、レジを出して用意した。見渡すと、あちこちの家から、こちらへ向かって歩いてくる女性たちが見えた。

久子さんは周りをちらりと窺ってから、身体がぴったりくっつくくらいに近寄ってきて、財布の中から写真をさっと取り出した。

「うちの娘じゃ」と言ってから、すぐに引っ込めた。一瞬だったが、見覚えのある女性だった。

「その人なら知ってますよ。いつも買い物していただいてます」

そう答えると、久子さんの硬かった表情が柔らいだ。

「元気にしとるようやったか？」

「ええ、元気そうですけど？」

そう答えながらも、何が知りたいのかがわからなかった。何か心配なことがあるのなら、電話してみればいいのにと思う。そもそも娘さんが住む集落まで、ここからたったの三キロしか離れていない。

不思議に思う気持ちが顔に出たのだろうか、久子さんは小さい声で言った。

「疎遠での。もう何年も会っとらんのじゃ」

「えっ？」

何年も？

すぐそこに住んでいるのに？

そう尋ねたかったが、あまりプライベートなことに口を出すのも悪い。

「小さい子供がおるんやけど、あんた、見たことあるか？」

「ええ、買い物に出てきてくださるときは、いつも女のお子さんと一緒ですよ。可愛らしいお子さんですね」

そう言うと、久子さんの顔が更に綻（ほころ）んだ。

「もう大きくなったんじゃろうなあ。もう四歳やから」

「おしゃべりがお上手ですよ」

本当は上手どころか、小憎らしいほど口が達者だった。

——おじちゃん、いっつも同じ服、着とる。それしか持っとらんのか？

——そろそろ床屋に行った方がええよ。

会うたびに、ご親切にも忠告してくれるのだった。

「あのお嬢ちゃんはカステラパンが大好きですよ」

「カステラパン？」

「ええ、これです」

菓子パンを指さすと、久子さんは手に取ってしげしげと眺めてから、「そうか、あの子はこんなんが好きなんか」とつぶやきながら、腕にかけていたレジカゴに放り込んだ。

「実はな、ここだけの話じゃけど、娘は私のことをごっつい嫌っとる」

「そんな……」

喧嘩でもしたのだろうか。だが、何年も会っていないということは、ちょっとやそっとの口喧嘩ではなさそうだ。かなりこじれているのだろう。

「結婚に反対なさったとか？」

そう尋ねてみると、驚いたように目を見開いてこちらを見た。

「そうか、うちの娘がヒマワリさんに、そんなことまで話しとったとは知らなんだ。ヒマワリさんには心を許しとるんやな」

「は？　いえ、そうじゃないですよ」と慌てて言った。「当てずっぽうで言っただけです。すみません」

「いいや、あの娘はそう簡単に心を開かん子じゃから、あんたは相当信頼されとる」

「ですから違いますってば」

「あの娘はああ見えて、しっかりした頑張り屋なんじゃ」

「それはわかります。いつもメモを片手にてきぱきと買い物されてますから」

「そうじゃろうなあ。あの子は小学校のときから……」

久子さんがそう言いかけたとき、他の買い物客たちが賑やかにおしゃべりしながら近づいてきた。

久子さんは、まだ何か言いたそうだったが口を閉じてしまった。

27

ワイヤレススピーカーを買った。

運転しているときでも、客やスーパーから頻繁に携帯に電話がかかってくるようになったからだ。

思った以上に音がクリアだったので、余裕があるときは好きな音楽を聴くことにした。選曲していると、学生時代に流行っていた曲ばかりになってしまった。就職してからは多忙を極め、流行の曲を聴く暇がなかった。考えてみれば、ずいぶんと長い間、音楽から離れた生活をしていたものだ。

音楽がこれほど心を癒してくれるものだったことを、長い間忘れていた。

――音楽ばかり聴いてないで勉強しなさい。

歩美が息吹にしょっちゅう注意していることを思い出した。

自分が受験勉強に励んでいた頃、夜の静寂の中で孤独感に襲われたことが度々あった。そんなやるせない気持ちを救ってくれたのは、音楽だった。そのことを、今度歩美に言ってみよう。会話が電話やスカイプとなったからか、面と向かって話すより何でも話しやすくなっていた。

その日も、運転しながら懐かしい曲を聴いていると、携帯に電話がかかってきた。

――もしもし、ヒマワリ号の猪狩さんでしょうか？　私はライフケアふれあい苑の迫田と申します。

その高齢者施設の名前は聞いたことがあった。

――ヒマワリ号さんに、うちにも来てもらえんやろかと思って事務局に電話したら、猪狩さんに直接依頼するよう言われたもんですから。

「火金コースだと、そちらのすぐ近くを通ることは通りますけど、でも、どういったものをお買いになるのでしょうか」

——入所者のおやつです。

聞けば、食事以外に十時と三時のおやつが出るのだが、入所者それぞれに好みがあり、もしも自由に買い物ができたら、さぞ喜んでもらえるだろうという。

「わかりました。それでしたら、次の火曜日にそちらに寄らせてもらいます」


火曜日の午後になると、約束通りライフケアふれあい苑の前の広い車寄せにヒマワリ号を停めた。

好きなおやつを買いたいということだったので、今日は朝から、お年寄りが好みそうな昔ながらのあんパンやクリームパンや煎餅（せんべい）や和菓子などを多めに積み込んだ。

ロビーから老人たちが一斉に玄関の外へ出てきた。ざっと見たところ三十人はいるだろうか。車椅子に乗った老人や、杖（つえ）をついている人もいた。

今回が初めてということで物珍しさもあったのだろう、どの人もたくさん買ってくれた。職員までもが交代で出てきて次々に買っていった。何より嬉しいのは、珍しいものがあるわけでもないのにみんな嬉々として商品を選んでいたことだ。

買い物というのが、これほど人間に喜びをもたらすものだということを、あらためて知る思いだった。おばあさんもおじいさんも、はしゃいでいるといってもいいほどだった。

「孫が来たときに、食べさせようと思ってね」

そう言って、自分が食べるものだけでなく、子供や孫のためにお菓子を買う人も多かった。

これだけ喜んでもらえると、ヒマワリ号をやってよかったとしみじみ思う。

「来週も来てくれる？」

「息子の嫁にあげたいから、もっと高級なお菓子も持ってきてほしい」

老舗（しにせ）の名前を言って注文する人も何人かいた。

三十人もの客が群がり、ほんの十分くらいの間に飛ぶように売れて行く。

これは効率がいい。他にこういった施設がないか市役所に行って教えてもらおう。大きな施設なら地図に載っているが、個人宅を改造したグループホームなどは載っていないことが多かった。

日持ちのする袋菓子だけで良ければ、早朝にスーパーに寄る必要もないから、日曜日の一時間くらいをそういった施設を回るのに充ててもいい。

それというのも、休日を持て余すことがあった。読書でもしてのんびりすればいいのだが、転職して心も体も元気になり、余力が出てきたし、頑張っただけ儲けが増えるのでモチベーションが上がる。だから、ついつい時間がもったいないと思ってしまう。

夜になって、今日のことを博之に電話で報告した。

――雅志、お前うまいことやりよるなあ。わいも少し回り道したら老人ホームがあるから頼んでみることにする。ええヒントくれてありがとう。ところで、雅志、お前はどれくらい儲かっとる？

直球な質問に一瞬怯んだが隠す必要もないと思い直した。同じ地域を回っているわけではないから、ライバルではなくて同志なのだ。

「日によるけど、販売点数が二百点くらいで一日の売り上げが六万円くらいかな」

――わいも同じくらいやわ。ほんで、手取りとなると……。

「一万円ちょっとくらいだね」

――わいの場合は車のローンを差し引かにゃならん。

「俺だってガソリン代が夏場で月六万円、冬場で四万円かかる。税金を引くと……」

――まだまだ工夫せんとあかんなあ。

「そうだね、何かいい知恵があったら教えてくれよな」

――もちろんだわ。わいら二人揃って億万長者になろうな。

そう言って、博之は笑った。

新規顧客を開拓したり、客それぞれの好みを覚えたり、色々と工夫するのは楽しいことだった。そのまま自分の利益となって返ってくる。

会社員のときの収入にはまだ遠く及ばないが、創意工夫を凝らすことの面白さが、やる気に拍車をかけていた。

その夜のことだった。

両親と三人で食卓を囲んでいたとき、テレビから事故のニュースが流れた。

――またしても高齢ドライバーの事故です。

見ると、猛スピードで赤信号を突っ切り、三台の車に次々にぶつかりながら、そのままの勢いでガラス張りの小売店に突っ込む映像が流れた。ブレーキを踏んだ形跡もないという。

――多数の負傷者が出ている模様です。

父も母もテレビをじっと見つめているだけで、何も言わない。

これまで何度も繰り返してきた会話――そろそろ運転をやめたらどうか、いやわしはやめん――を繰り返すのも面倒な気分だった。

「ところで、親父は何歳まで運転するつもりなんだっけ」

ふと聞いてみたくなった。前もってきちんと決めておけばいいのではないかと思った。そうでなければ、ずるずると運転を続けることになる。頑固な面があるということは、プライドが高いということだ。となれば、何歳になったら免許を返納すると一筆書いておけば、それを守らざるを得なくなるのではないか。

「お父さん、区切りのええとこでやめた方がええよ」

母がそう言うと、案の定、父はムッとした顔をした。

「区切りって、何の区切りじゃ」

「例えば八十歳とか」と母が言うと、父は目を剝いた。

「アホなこと言うな。わしは今七十九歳じゃぞ。来年八十歳じゃないか。せっかく自動ブレーキのある車に買い替えようと思っとるとこやのに」

「そう言われればそうやったね。ほんなら八十五歳くらいまでは運転するの？」と母が尋ねる。

「わしは死ぬまで運転する。そうせんと買い替える車の代金の元が取れん」

「ほんでも……」と母が言いにくそうにする。

「母さん、何なの？　言ってみてよ」と促すと、母は上目遣いで父をちらりと窺った。

「注意散漫とまでは言わんけど、集中力が切れよるときがあって……」

「本当に？　たとえばどんなとき？」

「ええ加減なこと言うなっ」

怒鳴るところを見ると、覚えがあるらしい。

自動ブレーキさえついていれば、どんな場合でも安全だとまでは言いきれない。いざというときに作動しなかったり、必要のないときに勝手に作動したりして、事故を起こした例も少なくない。それ以前に、父が新しい車に慣れること自体がそう簡単ではなさそうだった。

「親父、期限を決めておいた方がいいよ。だって今は頭はしっかりしてるかもしれないけど、でも」

「親戚を見てみい。ボケとるもんが一人でもおるか？」

「えっ？」

「親戚中みんな長生きじゃが、誰一人認知症にはなっとらん」

「そう言われてみれば……」

両親の兄弟姉妹を次々に思い浮かべた。全部で十三人もいる。半数以上が癌や老衰で既に亡くなっているが、認知症になった人は確かに一人もいない。

「わしはボケん。死ぬまでボケん」

認知症という言葉は禁句らしい。だから言い方を変えた。

「頭はしっかりしていてもさ、一瞬の判断力は弱まるらしいよ。現に五十代の俺だって、鈍くなってると思うときがあるからさ」

そう言うと、父は返事もせずテレビに視線を戻した。

「つまらん」

そう言って、父はチャンネルを変えた。

28

今日は、月に一度の在庫チェックの日だった。

平日は地域を回るだけで手いっぱいなので、日曜日にやることにしていた。

生鮮食品は毎日積み替えるが、一般食品や調味料やお菓子などは在庫量を見てから補充する。

「私も手伝ってあげる」と、母が言い出した。

「いや、俺ひとりで大丈夫だから」

種類が多いから時間がかかる。母の気持ちは嬉しいが、余計に時間を食ってしまうだろう。

「母さんはお前の仕事を手伝いとうて仕方がないんじゃわ」と父が口を挟んだ。

母の表情に、やる気満々といった意気込みが漲っている。

「だったら……手伝ってもらおうかな」と、仕方なく言った。

興味津津な様子で熱心に手伝いを申し出るのを見ると、断わりづらかった。

「ほんなら、わしも手伝ってやるわ」と、父も言う。

三人で庭に出て、停めてあるヒマワリ号の荷台を開けた。

「じゃあ俺が数えるから、母さんは、この表に書き込んでくれる?」

「任しとき」

「缶詰からいくよ。まずは鯖缶。一、二、三……」

父が手持無沙汰になったのか、「わしは他のもんを数える」と、すぐ隣で醬油を数え始めた。

「鯖缶は十二個」

「醬油は八本じゃ」

「了解、次は酢と砂糖を数えて」

六百点もの商品があるのに、足手まといどころか、両親が手伝ってくれたお陰で、あっという間に在庫量のチェックが終わってしまった。

昔気質なのか、父がきっちり数えても、母は「検算する」と言い、念のためにもう一度数え直す。二人とも正確で頼りになった。

両親も充実感があるのか、生き生きとした表情をしている。親子で商売をしている家庭では、いつもこういった一体感があるのだろうか。息吹にも、こういった経験をさせてやりたくなった。

「ありがとう、早く終わって助かったよ。これからスーパーに行って、売れた分を補充するけど、親父と母さんも一緒に来る？」

そう尋ねてみると、「行ってもええんか？」と二人の声が揃った。

店に着くと、スーパーの従業員に両親を紹介した。年老いた両親が一緒に来たことにびっくりしたようだったが、微笑ましいものを見るような笑顔を向けてくれ、丁寧に挨拶してくれた。

せっかくの日曜日が潰れてしまうと思っていたのに、二人が手伝ってくれたお陰で、たったの一時間で片づいてしまった。

29

あれから久子さんは、誰よりも早くヒマワリ号を待つようになった。

他の客が来るまでの短い時間に、娘さんや孫の様子を尋ねてくる。先客がいる日は、こちらをじっと恨めしそうに見るので、何か悪いことをしたような気になって困った。

そういうこともあって、娘さんの地区を回ったときには、それとなく様子を観察するようになってしまった。

その日は、娘さんが遠慮がちに話しかけてきた。

「ヒマワリさんは、朝山地区も回っておられますか？」

「はい、回ってますけど？」

「そこに私の実家があるもんやから」

久子さんのことなら知ってますよと、喉まで出かかるが、話してよいものかどうか迷う。常にポーカーフェイスでいることが、あっさりした人間関係を保つには必要で、そういうのを自分の商売の基本に据えようと当初から思っていた。だがその一方で、客の家族構成や内部事情までこまごまと知って世話を焼く千映里のようなやり方もある。一長一短なのだろう。

会社勤めを辞めて、上司からの理不尽な命令などがなくなり、人間関係に夜も眠れないほど悩むということはなくなった。だが、商売を始めると、客との関係が新たに生まれる。

この頃になると、会社での激務や、年功序列の人間関係に三十年も耐えてきたことが、皮肉にも自信につながっていた。どんな苦労も乗り越えていける気がした。世の中には、どんな経験でも人生に役立つと、まことしやかに言う人がいるが、それはどうやら本当らしい。それがいいことかどうかは別として。

「もしかして、あなたは朝山地区の久子さんの娘さんではないですか？」

本当は知っているのに、白々しく尋ねてしまった。

「えっ、どうしてわかるんです？」

「目元が良く似てるから、そうかなと思って」

そう言うと、硬かった顔つきが少し緩んだ。

「びっくりです。よくわかりましたね。それで、母は元気でやってるんでしょうか」

「お元気ですよ。あなたのことをいつも自慢しておられます」

「自慢？　私のことを？　まさか」

目を見開いて、じっと見つめてくる。

「本当ですよ。しっかりしていて頑張り屋だって」

「嘘でしょう。私は母に褒められたことなんて一度も……」

一転して気弱な表情になった。

「お母さんが心配しておられましたよ」

そう言うと、いきなり怒りを含んだ顔つきになった。口を真一文字に結び、手に取った茄子を睨みつけている。

まずい。

「あ、すみません、差し出がましいことを言ってしまったようで」と慌てて言った。

娘さんがすっと顔を上げた。怒っていると思ったが、何かを堪(こら)えているように見えた。

「あのう、ヒマワリさんに変なこと頼んでいいですか？」

「はい、何なりと」

「娘ができて初めてお母さんの気持ちがわかったって、伝えてもらえますか」

「えっ？　ええ、もちろん。必ず伝えます」

伝言係になるのは一向に構わないのだが、たった三キロしか離れていないのだから、会いに行けばいいのにと思う。とはいえ、気恥ずかしくて面と向かっては言えないのだろう。

「あ、やっぱり手紙書こうかな」

「それがいいです。俺みたいな不調法なオジサンじゃあ、うまくニュアンスが伝わるかどうか自信ないですから」

そう言うと、フフッと娘さんは笑った。

「ママ、いつまでおしゃべりしとるん？　早うカステラパン買うてよ」

女の子が母親の長いスカートを引っ張りながら、こちらをキッと睨んだ。

「お嬢ちゃん、ごめんね」

「今日のとこは許したる」

女の子はそう言うと、カステラパンをひとつ取って、母親の持つレジカゴに放り込んだ。

30

息吹は、夏休みに入ると、すぐにやってきた。

駅まで車で迎えに行くと、助手席に乗り込んでくるなり言った。

「父さん、俺にもヒマワリ号を手伝わせてくんないかな」

意外だった。てっきり農作業に精を出すのだと思っていた。

息吹との会話が増えたのは、両親のお陰だ。息吹が何かと理由をつけては田舎に来ようとするのは、父親よりも祖父母の方に親しみを抱いているからだと思っていた。

だが、今回は祖父母とは関係ないヒマワリ号を手伝ってくれると言う。

「俺、頑張るからさ」

なんだか妙に張りきっている。

「息吹はこっちに何日くらいいるつもりなんだ？」

「ずっといるよ」

「ずっとって？」

「だから夏休み中ずっと」

「塾の夏期講習はどうするんだ？」

「行かない」

「母さんはそれでいいって言ったのか？」

「腕組みして首を傾げたけど、結局は何も言わなかった」

歩美は考えを変えたのだろうか。

自分が高校生だった頃は、塾も予備校も田舎にはなかった。だから、息吹が塾に行く必要性が本当はピンと来ていなかった。それどころか、東京育ちの歩美が小学校の頃から塾に通っていたことが不思議でならなかった。

今や本屋に行けば参考書や問題集が充実しているし、それどころか予備校講師のユーチューブのチャンネルまである時代なのだ。だが、塾の講師は懇切丁寧に教えてくれる人が多いから、利点は大きい。とはいえ惰性で通うなら時間と金の無駄だ。

「夏期講習に行くかどうかは息吹が決めればいいよ。自分のことなんだから」

そう言うと、息吹は驚いたようにこちらを見た。

「うん」と、息吹は短く答えた。嬉しそうな顔をするかと思ったら、神妙な顔になった。自分のことは自分で決めていい分、責任も自分で取らなければならないことを、瞬時に理解した顔だった……ように見えた。

親バカの大きな勘違いかもしれないが。

家に帰ると、テーブルには御馳走が並んでいた。

息吹が来るからと、母はじゃがいもの素揚げをまたもや作ったようだ。

「息吹、本を読むのは大事じゃぞ」

夕飯のビールを飲みながら、父が突然言った。自分は新聞しか読まないくせに。

「宿題が多くて本なんて読む暇ないよ」

生徒によって得手不得手が異なるのに、学年全員一緒くたに同じ宿題を出すのは昔からだ。勉強の効率も悪いし、時間の浪費だ。

「宿題で夏休みが潰れるなんて、それはいかん」

今度は母が顔を顰める。

息吹は目の前の料理に心を奪われているのか、心ここにあらずといった感じで、テーブルの上をきょろきょろと眺めまわしながら、「大丈夫。本はいつか読むから」と祖父母の顔も見ずに答えた。

サラリーマン生活を始めると、一ヶ月以上の夏休みは二度と取れない。この貴重な休暇は、様々な本を読んで将来のことを考えるチャンスだ。会社に勤めなくても食べていける仕事を模索する期間にすればいい。

「息吹、学校の宿題はお前が必要だと思うものだけやればいい。その他はやらなくていいからな」

息吹は顔を上げ、びっくりしたように、こちらを見た。

翌日は、息吹をヒマワリ号の助手席に乗せてスーパーへ向かった。働いている姿を初めて息吹に見せることができる。そう思ったら少し緊張してきた。仕事に慣れてきていたし、スーパーの人が以前より更に手助けしてくれるようにもなっていた。常備品は、売れた商品の補充分を揃えておいてくれるようになり、朝はスムーズに積み込めるので助かっている。聞けば、最初は都会人の甘い考えでUターンしてきて、どうせ続かないだろうという冷ややかな目で見ていたが、予想外に頑張る姿を見て、親しみを感じるようになったという。

そのあとは、牛乳や豆腐、青果、海産物、精肉、パン、総菜の順で積み込んでいく。客の好みもわかるようになってきたので、火金コースは全粒粉の食パン二斤、鶏もも肉を五パック、赤身の合い挽き肉を八パックなどと、予めスーパー側にお願いしておけば、これらもすぐに積み込めるように準備しておいてくれた。

息吹は敏捷だった。十代の人間というのは、こんなにも身が軽いものだったか。

「父さん、それは俺が運ぶよ」

重いものを率先して運んでくれる姿を見て、自分も息子に労わられる年齢になったのだと思うと、ショック半分と嬉しさ半分の複雑な気持ちになった。

積み終えると、すぐに出発した。

テーマソングを鳴らすと、息吹は「めっちゃダサい」と言いながら面白がって真似をし、すぐに覚えてしまった。

「あら、こちらは息子さん？　夏休みじゃからお父さんを手伝いに来たん？」

久子さんが、息吹を上から下までじろじろと無遠慮に眺める。

「はい、そうです。よろしくお願いします」

息吹はぎこちない笑顔を作って答えた。今まで見たことのない種類の表情だった。きっと父親の商売を思い、精いっぱい愛想よくしたつもりなのだろう。

「今日はちょっと買いすぎたかも」

そう言いながら、久子さんがレジカゴを重そうに持ってレジの所まで来たとき、運転席に置いていた手紙をそっと手渡した。

「これ、娘さんから預かってきたんです」

「えっ？」

固まってしまったように、瞬きもせずこちらを見る。

「娘ができて初めてお母さんの気持ちがわかったって言っておられました」

「う……」

久子さんは、言葉に詰まり、大切そうに手紙を巾着袋にしまった。

顔を背けたまま、「さあ早ぅ帰らんといけん。大坂なおみのテニス中継が始まる時間やし」

すぐにでも手紙を読みたいのだろう。重い荷物を持っているのに、その後ろ姿は六十代とは思えないほどの速さだった。

「次、行くぞ。息吹、乗って」

車に乗り込むと、息吹は早速尋ねてきた。

「さっきのおばさんに手紙を渡してただろ。あれ、ラブレター？」

息吹を見ると、真っすぐ前を見ていてにこりともしない。

「冗談を言うときは、真顔で言わなきゃつまらないって、父さんが教えてくれたんだ」

「それって、いつの話？」

「保育園の年長の頃だったかな」

自分は一人っ子だからなのか、小さい子供の扱いに慣れていなかったのだと、改めて思う。相手が何歳であろうが対等に話をしてしまう。たぶん、歩美も同じだろう。

「で、あの手紙は何？　花柄の封筒だったろ。あのおばさん、読む前から涙ぐんでるように見えたけど」

「あの人は久子さんというんだ。それで……」

経緯を詳しく説明してやると、息吹は黙って聞いていた。

「そんなことまで父さんがやってるとはね」

息吹は感じ入ったようにしみじみと言った。

その後も、どの停車場所でも息吹はおばあさんたちに取り囲まれた。

「感心、感心。ほんに男前じゃこと。きっとお母さん似じゃな」

顔のお陰なのか、息吹はアイドル歌手のような人気だった。

――いま何年生じゃ？

――いつまでこっちにおるの？

何度も同じことを聞かれたが、息吹はそのたびに愛想よく答えてくれた。


風呂から上がって縁側で涼んでいると、息吹が来て隣に腰を下ろした。

見上げると、夜空一面に無数の星が輝いていた。

「父さん、相談があるんだけど」

真剣な顔つきだ。

「俺さ、農業高校に転校したいんだ」

えっ？

驚いて声も出なかった。

「もしかして息吹、お前……」

子供なりに家計のことを心配したのかもしれない。

収入が減ったことも、住宅ローンが残っていることも知っているに違いない。だから私立から公立に転校しようとしている。

博之なら、きっとこう言うだろう。

──家計を思ってのことだとしても、それがどうした。そんなん普通のことだろ。教育費を聖域だと考える方が間違っとる。

たとえそれが正論だとしても……。

「どうして普通科じゃなくて農業高校なんだ？」

「じいちゃんたちの手伝いをしているうちに、やってみたくなった」

「農業じゃ食っていけないだろ」

「父さんて古いねえ。今は農業で儲けてる人がたくさんいるんだよ。知らないの？中国や東南アジアに果物や野菜を輸出してる人たちのこと」

「それならテレビで見たことあるけど、みんながみんな成功するわけじゃないよ。マスコミが取り上げるのは成功者ばかりだろ。で、大学はどうするんだ？」

「行かない」

「なんでだよ。大学でも農業を勉強したらいいだろ」

「大学で学ぶことなんて何かあるの？　勉強って自力でやるもんだと思うけど」

言い返せなかった。

「母さんは英語学科だけど、そんなのわざわざ大学で教わらなくても自力で学べるって母さん自身が言ってたことがあるよ。農業だって、じいちゃんに教えてもらったり、本を読んで勉強するだけで十分じゃないのかな」

息吹の言う通りかもしれないと思ったが、正反対のことが口から出ていた。

「英語と農業とは全然違うだろ」

――大学行かないなんて、そんなこと言ったら母さんが悲しむよ。

その言葉をぐっと飲み込んだ。息吹の真剣な目に見つめられるうち、歩美に責任転嫁して口先でごまかすのはもうやめようと思った。父親として、人生の先輩として、自分はどう思うのか。

「そのこと、もう母さんには話したのか？」

「うん、話した」

「母さんは何て言ってた？」

「大学なんて行く必要ない、人生は一度きりだから、やりたいことをやんなさいって」

「えっ、ほんとか？　歩美は本当にそう言ったのか？」

びっくりして、思わず大きな声が出てしまった。

息吹はにやりと笑った。「嘘に決まってるじゃん」

「何なんだよ。本当は母さん何て言ったんだよ」

「絶対反対、言語道断。受験勉強が嫌で逃げようとしてるだけだって」

「だろうな」

「だけど、父さんだって結局は田舎に帰ってきたじゃないか。そして大卒でなくてもできる仕事をしている」

「息吹の言う通りだ。だけどそれは、親父やお袋のためだよ。きっかけは、父さんの友だちの父親の事故だ。そのうえ今年いっぱいでバス便もなくなるからな」

「本当にそれだけの理由なの？」

そう言って、じっと見つめてくる。

「もちろんそれだけじゃない。新しいことに挑戦してみたくなったんだ」

「ほらね」と、息吹は得意げだ。

「父さんは子供の頃は何になりたかったの？　どうして工学部に進んだの？」

思えば、小学校の頃から、将来何になりたいかという作文をよく書かされたものだ。いつも何も思い浮かばず適当なことを書いていた。

そもそも世の中にどういった職業があるのかさえ知らなかった。教師や医者や宇宙飛行士やプロ野球の選手……そういった目につくものしか思い浮かばなかった。サラリーマンともなれば十把一絡(ひとから)げで、それぞれの仕事の内容や業界を区別する意識すらなかった。

いったい自分は何を目指して生きてきたんだろう。大学を選ぶ時も偏差値で割り切るしかなかったし、理系と文系のクラス分けがあったが、そんな大雑把な括りだけでは具体的な将来像が見えてこなかった。

それどころか、国語が苦手という理由だけで理系クラスに進んだ生徒も少なくなかったし、数学や物理が苦手だからと文系クラスを選んだ生徒も多かった。

大学での就職活動にしても、どんな企業でどんな仕事をしたいかという明確な目標もなく、とにもかくにも面接に通って内定をもらいさえすればホッとしていた。

あの頃の大人は、誰一人として人生を楽しむことを教えてはくれなかった。親や教師が教えてくれたのは忍耐だけだ。

あえて言うならば、地学が好きで地震の研究ができたらいいなという思いもあるにはあったが、それほど強い気持ちではなかった。担任にちらりと言ってみたが、その方面は狭き門だし、就職のときに潰しがきかないと言われてあっさり諦めた。それが間違っていたとは思わない。食べていくために人間は働くのだし、夢ばかり追っている人間は愚かだと言う大人が周りにたくさんいた。

しかし……。

バスケ部だった青井は五十代で死んだ。

誰だっていつ死ぬかはわからない。

それを考えると、自分は息吹に何ひとつアドバイスしてやれなくなる。いや、そもそも人生の進路にアドバイスするなどというのは、いくら親子でもおこがましい。

自分は今、ストレスの少ない暮らしを送ることができている。そして、仕事を楽しんでいる。夜になると、その日の稼ぎを計算してグラフにし、チラシが入る日は前日にスーパーから一枚もらって戦略を練る。ヒマワリ号には載せていない日用品も数多く取り扱っていることを宣伝して回って個別注文を取る。個々人の好物や、その背後にいる家族の嗜好を忘れないようパソコンに打ち込んでおく。季節はもちろん、集落ごとの行事も調べ、それに合わせてヒマワリ号に積むものを準備する。

そんな努力の甲斐あって、少しずつ売り上げが伸びていた。

それに比べて、大企業では仕事が細分化されていて裁量権がなく、やらされ感ばかりが不満として溜まっていた。細かな規則や暗黙の了解や上司の見張りの目がある中で、創意工夫などほぼ不可能だった。「そんなことはないだろ、改善できる点はたくさんあるはずだ」と言う人もいるだろう。だが、それには根回しをして会議で了承を得るという道程が必要で、反対する上司が一人でもいたら諦めざるを得なかった。つまり、会社そのものよりも直属の上司の性格に大きく左右されてしまう。それを何度か経験し、提案するのをやめた。それはつまり、内から溢れ出る向上心を押し殺し、人生を半分諦めたということだ。

古い体質を一新し、新しい感覚を取り入れている会社では違うのかもしれないが、少なくとも自分が勤めていた会社は今後も変わりそうになかった。

「母さんはね、将来のことをもっと真剣に考えなさいって言うんだ。俺だって真剣に考えてんのにさ」

息吹に一流大学や一流企業を望むのは、本当に本人のためなのだろうか。そのレールを外れたら、必ずとんでもない人生が待っているのか。不安定で貧乏な生活しか残されていないとでも？

歩美の場合は、親も親戚もエリート揃いだから、そうではない人々の生活を知らない。それもあって、想像の羅針盤が極端な方向に振れるのだ。

自分のこれまでを振り返ってみても、決められた仕事を正確にこなすだけで、自分で考えて工夫できる余地のない仕事に喜びを見出すのは困難だった。

「先生や母さんの言う将来って、いったいいつのことなんだろう……」

独り言なのか、息吹の語尾が消えかかった。

「じいちゃんやばあちゃんが元気なうちにいろんなこと教えてもらいたいんだ」

——農業で成功するなんて、そんな考えは甘いぞっ。転校なんて許さん。

そう言って一喝することができなかった。

会社員生活の息苦しさを思うと、この広々とした大地で寝起きすることだけでも価値があるんじゃないかと思えてくる。畑で取れたものを食べ、洋服にしてもTシャツが三枚あれば十分だ。三万円もする靴も五万円の鞄も必要ない。

昨夜もアマゾンで卓球台を注文したから、それが届いたら庭に置いて、卓球部時代の仲間を呼ぶ予定だ。

そういった生活を楽しんでいる自分が、息吹に何を言えばいいのか……。

「十八歳になったら免許を取るよ。そしたらじいちゃんを碁会所に送り迎えしてあげられるし、ばあちゃんとスーパーにも行ける」

「じいちゃんやばあちゃんのことは俺が何とかする。お前は心配しなくていい。息吹は息吹自身のことだけを考えろ」

そう言うと、息吹は黙ってしまった。

誰かの役に立ちたいという優しい心は大切だと思うが、息吹には長い人生が待っている。

「俺はこの家に住んで、県立農業高校に通う。ネットで調べたら、近くにあったよ」

「もうそこまで調べたのか。母さん、怒ってるだろ」

「怒っているというより、すごくショックを受けたみたい。で、やっぱり父さんも反対なんだよね」

「まあな。将来が不安だしな」

「だけど今はヒマワリ号の仕事をしてる。矛盾してるじゃないか」

「それは……違う。長年に亘るサラリーマン経験が役立っている」

「どういう風に？」

「パソコンで売り上げを管理したり、今後の売り上げをシミュレーションしたり、スーパーの社員さんやお客さんとの人間関係も今のところ、なんとかうまくやれてる。それに、それなりの給料をもらっていたから今日まで生きてこられた」

「でも父さん、前よりよく笑うようになったじゃん」

何が言いたいのだろう。

「父さん、楽しんでるじゃん」

「それは……」

「じいちゃんやばあちゃんは会社を辞めるのを反対しなかったの？」

「心の中では反対だったかもしれない。だけど口には出さなかったよ」

「だったら父さんも俺にそうしてよ。心の中では反対でも口には出さないで見守っていてほしい」

思わず噴き出していた。

「息吹は口が達者だな。羨ましいよ。いったい誰に似たんだか」

そのとき、背後で足音がした。

「西瓜、切ったでえ。デラウェアもあるし」

振り向くと、母が大きなお盆の上に真っ赤な西瓜と葡萄を載せていた。


その夜、歩美とスカイプで話をした。

画面の向こうで、さっきから歩美は溜め息ばかりついている。

「農業高校のこと、まだ諦めていないとは思わなかったわ。雅志なら反対しないとでも思ったのかしら。大学にも行かないなんて、すごく不安だわ」

「でも、俺も今は学歴に関係ない仕事をしているわけだから」

「あ、そうか。だから私があんなに反対したのに、雅志にも相談したのね」

歩美とは違い、頭ごなしに反対したりしないと見たのだろう。父親の自分に救いを求めてくれたと思うと、少し嬉しかった。

「現実問題として、県立の農業高校に転校するなんてことが可能なのかしら」

「歩美は転校に賛成なのか?」

「そうじゃないわよ。もしもの話よ」

もしもなどと、仮の想定を考えることができるということは……。

「歩美は何が何でも反対っていうわけでもないのか?」

「何を言ってるの。絶対に反対よ。転校が不可能だってわかれば息吹も諦めると思っただけよ」

そういうことだったか。

「私も近々そっちに行ってみようかしら」

「こっちに？　いいけど、何をしに？」

「私もヒマワリ号の助手席に乗ってみたいと思ってね」

「えっ？」

やはり自分は妻のことがよくわかっていない。いつも意外なことばかり言う。それとも自分が鈍感なだけなのか。

「もしもし、雅志、何なのよ。どうしてそんなに驚くのよ。それとも私が助手席に乗ると、何か都合が悪いことでもあるの？」

翌日、高校時代の後輩に電話をかけてみた。

市役所の教育課に勤めていると聞いていたからだ。

「転校？　農高にですか？　東京の、そないにええ高校に通っとるのに？　猪狩先輩には世話になったから、特別に県庁に問い合わせてあげますわ。たぶん大丈夫やと思います。正直言うて、農高は定員割れしとって困っとったんですわ。廃校になったらどんどん過疎化に拍車がかかるって、僕らも心配しとったんです」

31

八月の終わりに歩美が訪れた。

息吹が二学期から農業高校に転校することになったからだ。

農業高校の見学と、担任教師への挨拶を兼ねて一泊の予定で来た。

歩美が転校を了承したのは、息吹の熱心な説得により、勉強から逃げているだけではないとわかったからだった。とはいえ、反対したい気持ちはまだ残っているようだが……。

その日の歩美は、午前中だけヒマワリ号の助手席に乗った。行く先々で「家内でございます、主人がいつもお世話になっております」などと言って、しおらしくお辞儀をしてまわった。いつもは「雅志」と呼び捨てで、しとやかさなどまるでないのだ。そのうえ、いつもはパンツスーツでビシッと決めているのに、田舎に来るときだけは必ず清楚なひらひらしたワンピースを着てくるのも毎回びっくりすることだった。

今回、歩美は母のためにきれいな色のブラウスを買ってきてくれた。父には運転用のサングラスだ。

「なんかチンピラみたいで恥ずかしいのう」

そう言いながらも、父は生まれて初めてのサングラスが満更でもないのか、鏡を見てはニヤニヤしていた。

それなのに……。

歩美が東京へ帰っていったあと、両親と息吹の四人で夕飯を囲んだときのことだ。

父は突然、歩美に対して怒りを爆発させた。東京へ帰る歩美を駅まで送ってくれたのは父だった。自分はヒマワリ号の仕事で、夕方まで手が離せなかった。

「雅志の嫁は、二度とわしの車には乗せんっ」

母の「何があったん？」と、自分の「何かあったの？」の声が重なった。

息吹は事情を知っているらしく、黙って箸を運んでいる。駅まで歩美を送りに行くとき、息吹も一緒だったのだ。

父がカチンとくるようなことを歩美は言ったのだろうか。古い考えの父と歩美の話がかみ合わないことは容易に想像できるが、歩美は両親の前では古き良き時代の嫁のふりをするのが上手なのだ。なにせ演技派だから。

「歩美さんは口うるそうてかなわん。スピードを落としてくださいっちゅうから落としたのに、もっと落とせと言う。ほんで、もっと落としたら、もっともっとってキリがない」

「親父、そんなにスピード出してたのかよ」

安全運転だと思っていたが、もしかして自分がいないときには、とんでもないスピピードだったのか。

「母さんはね、二十キロ以下にした方がいいって、じいちゃんに言ったんだ」と息吹が言った。

「えっ、二十キロって時速のこと?」

そういえば、いつか父が山肌をこすって停車していたことを、歩美にも話したのだった。そしてその帰りにノロノロ運転で連れて帰ったことも。

「そんなにゆっくり走ったら、後続の車に迷惑かけるって言うたら、歩美さんは、いきなりドイツの素晴らしさを話し始めたんじゃ。まるで演説みたいじゃった」

様子が目に浮かぶようだった。ドイツの話となると歩美は止まらなくなる。

「ドイツの素晴らしさって、例えばどういうこと?」と母が尋ねる。

「ドイツはね、生涯安全運転というのを提唱してるらしいよ」と、息吹が続ける。「ドイツでは年寄りはみんな車の愛好者で、車は人生の伴侶だって。運転技術を蓄えてきたんだから、禁止するんじゃなくて、前向きに取り組むんだってさ」

「親父が喜びそうな話ばかりじゃないか。それなのに、どうして親父は歩美に腹を立てたんだよ」

「そこまでは、わしもええと思った。腹が立ったのはそれからじゃ。息吹、続けろ」

息吹が言うには、ドイツでは高齢者に相応しい安全運転をサポートしていて、高齢ドライバーは、ゆっくりした速度で運転すべきだとし、「スローモビリティ」とかいう考え方を広めようとしているらしい。

「そうか、それが二十キロってことなのか」

「それはええ考えですがな。電動三輪車もゆっくりじゃわ」と母が言う。

「ほんでも、後続の車が黙っとらんじゃろ」

「この前、親父が路肩の山肌をこすって停車したときも、帰りはゆっくりで……」

「うるさいっ」と、父が突然怒鳴った。

どうやら父は、あのときのことには、二度と触れられたくないらしい。

息吹は大声にびっくりしたのか、箸を落としてしまった。自分は父の怒鳴り声には子供の頃から慣れているが、息吹は初めての経験だったのだろう。息吹に対して頭ごなしに怒鳴るということを、自分は一度もした覚えがない。

「片側一車線の道路で、ノロノロ運転の車が前を走っていたら、確かに苛々するよ」

「違うんだよ、父さん」と息吹が言った。

「何が違うんだ？」

「そもそも苛々しちゃいけないんだよ。母さんが言いたかったことはね、誰もがいつかは高齢者になることを、みんなが気づくべきだってことなんだ」

息吹の言葉にハッとしていた。

高齢者を、まるで自分とは関係ない生き物のように思っていなかったか。

五十代の自分でさえそうなのだから、若者からみたら異星人だ。

「なるほどなあ、歩美さんはええこと言いんさる。私ら年寄りを温かい目で見守ってほしいもんじゃのう」と言った母の顔つきが暗かった。「若い人はいっつも苛々しとって恐いんじゃ」

聞けば、スーパーのレジで小銭を出そうとするとき、後ろに並んでいる若い客の苛ついた気配がして、母は申し訳なくて消えてしまいたくなることがあるという。

「そういや昔、『せまい日本　そんなに急いで　どこへ行く』っちゅうスローガンがあったの、覚えとるか？」と父が尋ねた。

自分と母が大きくうなずいた。

「俺は初耳だけど、そのスローガン、すごく洒落てるね」と息吹が感心している。

「わし、やっぱり前言を取り消す」

父がいきなり毅然と言い放った。

「歩美さんはええこと言うた。こっちは年寄りなんじゃから、筋力も視力も体力も衰えとる。それでも運転せにゃ生きていけん不便な地域が多いっちゅう現実がある。ほんならどうしたらええのか。そうじゃ、時速二十キロちゅうのはええ考えじゃ」

だが、一車線しかない道路となると……。

日本の狭い道路事情や、少しでも早く目的地に着こうとするトラックの運転手の多忙さを考えると、そう簡単にはいかないだろう。

あの日——父が山肌をこすって停車した日——は、幸運にも道路が空いていたし、家に帰るまでトラックは一台も通らなかった。後続車を先に行かせるために、何度かハザードランプを点けてやり過ごしたが、追い越していく車はクラクションを鳴らすどころか、みんなこちらを心配そうに見て会釈してくれたのだった。

「雅志、お前に頼みがある」

「頼み？」

頑固でプライドの高い父が、頼みという言葉を使ったことが今まであっただろうか。いったい何事かと、思わず身構えてしまった。

「もしも、わしの運転が本当に危ないとなったときは止めてくれ」

「うん、それは、まあ、そうしようとは思うけどね」

だが、こちらの言うことに素直に耳を傾けるような父ではないのだ。

「ほんで、そのときわしが認知症になっとって、お前の言うことを全く聞こうとせなんだら、殴ってでも柱に縛りつけてでも、わしが運転できんようにしてくれ」

「そんなこと言われてもなあ」

「親不孝やなんて思う必要はない。それどころか、それでこそ親孝行っちゅうもんだ。事故を起こして、わし一人が死ぬのは一向に構わんが、他人さまに怪我を負わせたりしたら、どうにもならん。もしもわしが運転したさに雅志をボロクソに言うたとしても気にせんでくれ」

「わかった。そこまで言っておいてくれると、いざというとき助かるよ。母さんも息吹も、今の親父の言葉、聞いてたよね。証人になってくれるよな。たぶん俺は、どう考えても親父を殴ったり柱に縛りつけたりはしないから安心してくれていいよ。いよいよ危ないとなったら、親父の車を処分するか、車の鍵を渡さないようにする」

「そうか、それを聞いてわしも安心じゃ。正直言うて、痛い目に遭わされるのは嫌じゃからの」

母と息吹が目を見合わせて笑った。

自分も気持ちがすっきりしていた。

本当にそのときが来たら、うまくできるかどうか自信はない。だが、父の方からそう申し出てくれたことで、少し肩の荷が下りた気分だった。

32

今夜は賑やかだ。

同級生がうちに集まったのだ。

ハローワーク勤務の遠藤も呼んだ。単純で他人に無慈悲な面が好きになれないが、「猪狩は俺だけいつも呼んでくれん。俺だって古民家を見てみたいのに」と聡美に訴え、大層落ち込んでいるということだったので、かわいそうになった。

そして、博之も駆けつけてくれて、今夜はうちに泊まることになっている。博之一家を非難する声が町から完全に消えたわけではなかった。だが聡美が「博之の父は認知症には見えなかった。検査結果がおかしい」と力説したこともあり、同級生の間では博之を温かく迎える雰囲気があった。

納屋を改造してゲストルームにした。息吹とホームセンターに行って安い材料を買ってきて、日曜大工でなんとか恰好はついた。

「君が息吹くんか」

博之はそう言って、煮物の鉢を運んできた息吹を見つめた。

「農業高校では女の子にごっついモテとるそうやないの」

そう言ったのは千映里だ。千映里にも高校生の娘がいるから噂を聞いたらしい。

息吹は二学期から農業高校に転校したのだが、入学してみたら、クラスの三分の二を女子が占めていて戸惑ったようだった。東京では中高一貫の男子校だったのだから無理もない。

「都会から男の子が来たって、大騒ぎやったらしいで」と千映里が言う。

標準語を使うというただそれだけのことで、初日からモテまくったという。そうなると、男子生徒にどう思われるか心配だが、早々にサッカー部に入り、母が部員を全員家に招いて、カレーライスでもてなしてくれたのが良かったらしい。今のところは、「優しいばあちゃんのおる古民家に住んどるヤツ」というポジションを得られているという。部活のない日は、サッカー部の友人の家で一緒に勉強して、そのまま夕飯を御馳走になることもある。

「とうとう路線バスが廃止になるね」と、聡美が言った。

「仕方ないわ」と、哲也がいつもの冷静な声で続ける。「大都市部でも四割近くが赤字やっていうし、田舎なら九割近いらしいから」

「そら誰が見ても赤字やわなあ。いっつもガラ空きやったもん」と母が言う。

その赤字分を今までは市の補助金で補ってきた。だが、誰一人として税金の無駄遣いだと言う者はいなかった。車を持っていて滅多にバスに乗らない人間であっても、いざとなったときにバス便があると思えば心強いし、心の拠り所でもあった。

「九十歳代のドライバーが年々増えとるらしいよ」と千映里が言う。

今や百歳以上が七万人以上いるのだから、不思議ではない。

「そのうち百歳代のドライバーが全国各地を車で走るようになることは間違いないやろね」と、哲也が真面目な顔で言った。

そんな世界を想像すると恐ろしくなる。

「百歳代って……そん中には認知症の人もおるんやろか」と、母が哲也に尋ねる。

「そらいっぱいおるでしょうね。百歳代ということは、子供が七、八十代やから、子供らが先に亡くなっていて、親身になって注意してくれる人がおらんという可能性も高いですしね」と、哲也が静かに答える。

「そうなったら本当に恐ろしいの」と父が言う。「雅志、これからもちょいちょいヒマワリ号の助手席に乗せてくれよ」

「もちろん、いいけど？　でも、急にどうしたんだよ」

父も母も、ヒマワリ号の助手席に頻繁に乗りたがった。特に、天気が良くて爽やかな日には、父と母とで助手席の取り合いになるほどだ。なぜそんなに助手席に乗りたがるのかがわからない。

「わしもそろそろ運転はやめてもええかと考えとる」

「えっ？」

驚いて父を見たのは、母と息吹と自分の三人だけだった。他のみんなは、皿から顔を上げようともしない。他人から見た父は、運転をやめて当然の年齢で、珍しくもなんともないと思われているのだ。

いつの間にか、自分は家族を客観的に見られなくなっていたのかもしれない。

「運転は早うやめた方がええよね」

「猪狩くんが帰ってきたんやから、おじちゃんは運転する必要はもうないやろね」

「ヒマワリ号もあるから、スーパーに行かんでも済むしね」

「休みの日には、近場の温泉や観光地にも連れていってもらっとるんでしょう？」

みんなが口々に言う。

父は自分で運転できないとなると、自由を奪われた気持ちになったのではなかったか。そして一家を支えてきたプライドが傷つけられる。だから、八十歳近くにもなって自動ブレーキのついた車に買い替えようかと検討している。そこまでして運転したかったはずなのだ。

「お父さん、何か心境の変化でもありんさったか」と母が尋ねた。

「最近のわしは、ヒマワリ号の助手席で満足しとる」

聞けば、スーパーや温泉に行くよりも、ヒマワリ号であちこちの集落を回って買い物に出てくる人々の様子を眺めたり、たまに話をしたりする方が楽しいのだという。

「わしは知っての通り、若い頃は姫路にある新日鉄に勤めとった。しかし親父の具合が悪うなって、家を継ぐために実家に戻ってこいと言われた。長男というだけで、なんで都会生活を諦めんといけんのか、当時は親を恨んだもんじゃ」

そんなことは初耳だった。

「ここに帰ってきたばかりの頃は、退屈で退屈で、ほんに人生がつまらんかった。気が変になりそうで、夕方に農作業を終えても真っすぐ家に帰る気になれんで、駅前の商店街をうろうろしてみんと気持ちが収まらんかった」

「それ、わかります」と、博之が言うと、哲也もこちらを見てうなずいた。二人とも都会で働いた経験があるからだろう。

人間というものは、自分以外の人間を見ていたい動物なのかもしれない。スーパーに行ったときも、他の人々が買い物をしている姿を視界の隅に入れ、飲食コーナーでは、うどんや蕎麦を啜っている他人の姿をちらりと見て安心する。近場の温泉に日帰りで行ったときも、マッサージ機に座っている人々をなんとなく見る。特に意味があってのことではない。ただただ見て安心するのだ。

もしも、スーパーにも温泉にも誰一人客がいなかったらどうだろう。

買い物さえできればいい、温泉に浸かれればそれでいいと、自分なら思わないだろう。混んでいれば文句のひとつも言いたくなるが、誰もいなかったら孤独を通り越して不気味だ。

東京でも、カフェに車椅子で来店する老人が増えた。車椅子を押すのは介護職員かボランティアだ。一杯のコーヒーを飲みながら、静かに店内を見渡しているだけだが、街中の賑やかな所に身を置きたいという願望は、古今東西に通じる人間の心理かもしれない。

父はヒマワリ号に乗ることで、それらの願望を満たすことができるのだろう。

「それにのう、今まで六十年も無事故無違反じゃったのに、人生の終盤になってから加害者になって刑務所に行くのは、どう考えても割に合わん。今わしが乗っとる車は、息吹が十八歳になって免許を取ったら譲ってやる」

「本当？　じいちゃん、ありがとう」

息吹は嬉しそうに言った。前の高校では成績がどんどん下がっていたが、今は勉強も頑張っているようだ。

父だけでなく、ヒマワリ号が来てくれるからと、免許を返納する年寄りがぽつぽつ現れ始めていた。買い物が便利になったからだけではないようだ。運転をやめたことで、よく歩くようになり、足腰が強くなったと教えてくれた独り暮らしのおじいさんもいる。その人は、ヒマワリ号がきっかけで、近所のおじいさんを自宅に誘い、久しぶりに碁を打つようになったと言っていた。

ヒマワリ号と店舗の決定的な違いは、毎回来る人が顔を見せないと、気になることだ。あの人は今日はどうしたのかと他の買い物客に尋ねることもある。近所のおばあさんに案内してもらって家を訪ねていったこともあった。

普通の店なら、最近はあの人が来ないなあと思うことはあっても、わざわざ連絡を取ったり家を訪ねたりはしない。そんなことをしたらストーカーに間違われてしまう。だがヒマワリ号だと、停車場所と家が近いから訪ねていっても不審に思われることもなく、迷惑がられたことは今のところ一度もない。それどころか、独り暮らしの老人には感謝されている。

毎週二回も顔を突き合わせて雑談するようになると、単なる客ではなく親戚のような気になってくる。郵便配達や宅配便の人は荷物を渡すだけだが、買い物となると客と接する時間も五分以上はある。何を買うか、今日の顔色はどうかと、意識的に観察しているわけではないが、自然と印象に残ってしまう。

いつだったか、地域包括支援センターに連絡したことがあった。玄関の鍵はかかっていないのに、何度呼んでも返事がなかったからだ。どこかに出かけているだけかもしれないとも思ったが、虫の知らせというのか、妙に嫌な予感がして仕方がなかった。

そのときは、職員が飛んできてくれて、奥の台所に蹲（うずくま）っていたおばあさんを発見してくれた。そして救急車を呼んで事なきを得たのだった。

またあるときは、とても寒い日だったが、上着も着ないで買い物に出てきたおじいさんがいた。聞けば上着が見当たらないという。そのときはヘルパーさんに連絡を取り、玄関先の目につく所に上着を置いてあげたらどうかと提案したのだった。

こういうことが重なると、ヘルパーやケアマネージャーから携帯電話に直接連絡が入ることも多くなった。

ヒマワリ号を始める前、千映里が地域の見守りを兼ねた仕事だと誇らしげに言ったとき、胡散臭く感じたものだ。だが、今では人の役に立っていることを実感している。

時代は移り変わる。

戦後、瞬く間に自家用車が普及し、マイカーという言葉が流行った。その当時、いち早く車を手に入れて運転を始めた人々は、もう九十歳を超えている。そして、人口が少なくなってバス便がなくなるのも、国として初めて直面する課題だ。

今後も世界は変わっていくだろう。自動ブレーキを必須とする法律案も早晩可決されるかもしれない。コンパクトシティがあちこちで実現するかもしれない。それとも外国人労働者が増えることで、昭和時代のような賑わいや活気が戻ってくるのだろうか。逆に、東南アジア諸国が発展を続けているから、わざわざ日本に出稼ぎに来る人はいなくなる可能性もある。

未来は誰にもわからない。

どちらにせよ、あと二十年は自分が頑張って親や地域を微力ながら支えるしかない。

そんなあれこれを考えているとき、母がみんなを見渡して言った。

「みんなも親には遠慮せんと口うるそう言うた方がええよ。喧嘩してでも運転をやめさせようとしてくれるんは、考えてみたら、ほんに有難いことだわ。そんなこと言うてくれる人は、そうはおらん」

そのとき、息吹がこちらを見た。「いつかは俺も父さんに注意するのかな」

「俺にか？」と尋ねると、息吹は大きくうなずいた。

自分ももう若くはないのだった。運転はやめた方がいいと、息吹に忠告される日が来るらしい。それも、そんなに遠くない日だ。

そのときは、素直に受け入れようと肝に銘じた。


新しいノートを買った。

名付けて「助手席予約ノート」だ。

――ええなあ、助手席に乗せてもらえて。

助手席に父を乗せていると、羨ましがる老人が少なくなかった。

「今度乗ってみますか？」

軽い気持ちで言ったのだが、次々に予約が入った。日頃ほとんど家から出ないらしい老人たちは、近隣の集落の様子を知りたがった。風景を眺めるだけでも気持ちがリフレッシュするという。だから、両親が乗らない日を割り当てることにした。

明日の予約は、久子さんだ。

参考文献（順不同）

『高齢ドライバー　加害者にならない・しないために』毎日新聞生活報道センター（岩波ブックレット）

『高齢ドライバー』所　正文、小長谷陽子、伊藤安海（文春新書）

『買い物難民を救え！　移動スーパーとくし丸の挑戦』村上　稔（緑風出版）

『ねてもさめてもとくし丸　移動スーパーここにあり』水口美穂（西日本出版社）

『ザッソー・ベンチャー　移動スーパーとくし丸のキセキ』住友達也（西日本出版社）

解説

岩間陽子（国際政治学者）

子供のころ、未来は明るいものだと思っていた。いわゆるバブル世代で、生まれたときから30歳くらいまでは、生活はよくなるばかりだった。日本中が進歩史観に取りつかれて浮かれていた、不思議な時代だった。今でもよく覚えているのは、小学校低学年くらいに読んでいた雑誌に描かれていた「未来の日本」像だ。そこにはＳＦに出てくるような未来都市が、イラスト入りで解説されていた。人々は宇宙スーツのような服を着て、空飛ぶ車に乗り、町はドームで覆われて、天候に関係なく、年中快適な気候で過ごせるようになっていた。「鉄腕アトム」の描く21世紀世界もそんなもんだった気がする。大阪万博の描く未来像も、似たり寄ったりだった。当時子供だった私は、親に連れられて万博へ行ったはずだが、とにかく人が多くて並んだこと、一番見たかった「月の石」はあまりに人が多くて断念せざるを得なかったことくらいしか覚えていない。

井上陽水（いのうえようすい）一九七二年のヒット曲に、「人生が二度あれば」という歌がある。「子供だ

けの為に年とった　母の細い手　つけもの石を持ち上げている　そんな母を見てると　人生が　だれの為にあるのかわからない　子供を育て　家族の為に年老いた母　人生が二度あれば　この人生が二度あれば」という切ない歌である。父親の方は、仕事に追われ、やっとこの頃ゆとりができたが、顔のシワはふえてゆくばかり、欠けた湯飲み茶碗（ぢゃわん）にお茶を入れ、湯飲みに写る自分の顔をじっと見ている。で、この両親が何歳という設定になっているかというと、「父は今年二月で六十五」「母は今年九月で六十四」なのである。当時の感覚では、これぐらいで年寄りだったのだろう。この時、陽水はまだ20代前半である。

当時はまだまだ日本の人口は若かった。一九七五年の日本人の平均寿命は、男性七十一・七三歳、女性七十六・八九歳。これが二〇一九年だと、男性八十一・四一歳、女性八十七・四五歳。それ以上に激変したのが家族構成だ。厚生労働省の統計で、一九七五年当時、三世代世帯がまだ16・9％あり、高齢者世帯（厚労省定義では、「65歳以上の者のみで構成するか、またはこれに18歳未満の未婚の者が加わった世帯」）はたったの3・3％しかなかった。つまり、老人だけで暮らしているという状況は、非常にめずらしかったのである。おそらく田舎では、ほとんどなかっただろう。それが二〇一九年になると、全世帯の28・7％が高齢者世帯である。ちなみに三世代世帯は5・1％に減少している。

だから、「うちの父が運転をやめません」が問題なのである。田舎の両親は孤立している。車がなければ、買い物も病院に行くこともできない。自分は、都会で住宅ローンと子供の教育に縛られている。生活は共働きでやっと。狭いマンションの部屋は、便利な道具で溢れているが、家族はそれぞれの時間に縛られてすれ違い続け、まともな会話さえない。高齢者の運転する車が、通学中の子供の列に突っ込むという悲劇が、くり返し報道される。垣谷美雨は、他に交通手段がある都会の老人には同情していない。だけど、田舎に残された老人から車を取り上げていいのか。多くの都会に住む50代が直面している問題だ。はっと気が付くと、明るかったはずの未来は、どこにもない。

半世紀前の日本は、エネルギーに満ちていた。まだ、貧しさが随所にあった。舗装されていなくて、雨が降るとぬかるみになる道、汲み取り便所、夏になると断水になってバケツを持って給水車に並んだこと、台風が来ればかなりの確率で停電して、ロウソクで夜を明かしたこと。町には結構、野良犬がいたし、犬のフンやら、時には馬糞をよけながら登校していた。だからこそ、未来は明るく輝いていると思えた。

生活はどんどん便利になっていった。最初に我が家に電気洗濯機、冷蔵庫、炊飯器、カラーテレビがやって来た時の興奮を、私の世代は記憶している。そのたびに明るい未来が近づいてくる気がした。日本中は新幹線で結ばれ、全国津々浦々まで、豊かになるはずだった。

その未来が、気が付いたら消えている。一体いつから日本はこんな国になったのだろうか。垣谷美雨は、疑問を投げかける。

「パソコンや携帯電話が普及したことで、世の中は各段に便利になった。だからといって、仕事が効率化されて、少ない時間で仕事が済み、その結果としてプライベートな時間が増えた……とはならなかった。事実はまったく逆だ。便利になればなるほど仕事は忙しくなり（中略）いくら頑張って働いても金は足りず、常に将来の不安にかき立てられている」

「何のための便利さなのだろう。人生を豊かにするための道具ではなかったのか」


だって、仕方がない。そう思って我慢してきた。これまでだって我慢していれば、問題は解決したじゃないか。日本はそうやって豊かになってきた——はずだった。いろんなだけど、これはもう完全に過去なのだ。日本はどんどん落ちぶれている。いろんなランキングはどんどこ落ちているし、円の価値も下がり、我々の労働生産性も落ちる一方である。日本経済の長い停滞期が始まってから、もう30年も経っている。高度経済成長期を超えるくらいの時間、我々は停滞しているのに、なんで昔の自己像にしがみついているのだろうか。

新幹線は来ないのだ。自分の街には新幹線は来ない。それどころか、ローカル線も廃止され、バスもなくなるという。それなのに、この国の政治家の考えることといったら、「夢よもう一度」しかないのである。東京オリンピック、大阪万博、札幌オリンピック。高度経済成長期三点セットをもう一度やれば、また高度成長期が来ると思っている。違うだろう。当時は人口が若く、生活水準が低く、経済が成長し続ける余地があったのだ。オリンピックと万博をやったから成長したんじゃない。今の老人は、洗濯機もテレビも炊飯器ももう持っている。若者は家電を買って新しい世界が開けるとは思っていない。オリンピックと万博とカジノで、どんな未来都市を描くというのだろうか。

私たちは違う未来を夢見ないといけない。いや、夢見るのをやめるべきなのだろうか。うちの町には新幹線は来ない。東京で塾代と私立中高の授業料を払い続けて、東大に入れたところで、傾きかけた日本企業でもらえる給料では、大した暮らしはできない。リセットすべきは価値観だ。未来像だ。私たちのしあわせは何？　どこへ向かって走っているの？　一体どんな暮らしがしたいの？　と問うべきなのだ。

子供の頃は、親戚に農家があった。貧乏の記憶、田舎の記憶があるのはしあわせなことだ。春と秋には墓参りに行き、昔風の家の縁側でみんなでご飯を食べた。父の運転で田舎のあぜ道を走り、田んぼにタイヤがはまって動けなくなった。春の山菜取り、山椒（さんしょう）の花や実を摘みに行った崩れかけた古い家。秋の栗拾い、新米を袋一杯もらって車に積んで帰ってくること。レンゲの花やら彼岸花やら、四季それぞれの田舎の景色がなんとなく自分の身体の中に残っている。チキンラーメンもスナック菓子もあったけど、桑の実、あけびの実、グミの実の味も知っている。

この本の主人公と妻と子供は、それぞれに田舎の両親とかかわって、少しずつ未来像をリセットする。本当は、日本に新しい未来像が必要なのだ。だけど、政治に任せておいては、50代の私たちには間に合わない。人生は二度はない。でも、気づいたときに決断すれば、生き方を変えることはできる。決断せよ、50代。私たちは、貧しかった日本を覚えている。田舎の泥道も汲み取り便所も、お湯の出ない水道もそんなに怖くない。便利さだけでは、しあわせにはなれない。誰かに盗まれた時間と人とのつながりと空の広さを、再発見しないといけない。新幹線は来なくていい。でも、ローカル線の車窓に広がる景色と、それを楽しむ時間を、失ってはいけない。

本書は、二〇二〇年二月に小社より刊行された単行本を加筆修正のうえ、文庫化したものです。

うちの父が運転をやめません

垣谷美雨

令和5年 2月25日 初版発行
令和6年 5月15日 4版発行

発行者●山下直久

発行●株式会社KADOKAWA
〒102-8177 東京都千代田区富士見2-13-3
電話 0570-002-301（ナビダイヤル）

角川文庫 23535

印刷所●株式会社KADOKAWA
製本所●株式会社KADOKAWA

表紙画●和田三造

◎本書の無断複製（コピー、スキャン、デジタル化等）並びに無断複製物の譲渡および配信は、著作権法上での例外を除き禁じられています。また、本書を代行業者等の第三者に依頼して複製する行為は、たとえ個人や家庭内での利用であっても一切認められておりません。
◎定価はカバーに表示してあります。

●お問い合わせ
https://www.kadokawa.co.jp/（「お問い合わせ」へお進みください）
※内容によっては、お答えできない場合があります。
※サポートは日本国内のみとさせていただきます。
※Japanese text only

©Miu Kakiya 2020, 2023 Printed in Japan
ISBN 978-4-04-112820-6 C0193

JASRAC 出 2300318-404

◆◇◇

角川文庫発刊に際して

角川源義

第二次世界大戦の敗北は、軍事力の敗北であった以上に、私たちの若い文化力の敗退であった。私たちの文化が戦争に対して如何に無力であり、単なるあだ花に過ぎなかったかを、私たちは身を以て体験し痛感した。西洋近代文化の摂取にとって、明治以後八十年の歳月は決して短かすぎたとは言えない。にもかかわらず、近代文化の伝統を確立し、自由な批判と柔軟な良識に富む文化層として自らを形成することに私たちは失敗して来た。そしてこれは、各層への文化の普及滲透を任務とする出版人の責任でもあった。

一九四五年以来、私たちは再び振出しに戻り、第一歩から踏み出すことを余儀なくされた。これは大きな不幸ではあるが、反面、これまでの混沌・未熟・歪曲の中にあった我が国の文化に秩序と確たる基礎を齎らすためには絶好の機会でもある。角川書店は、このような祖国の文化的危機にあたり、微力をも顧みず再建の礎石たるべき抱負と決意とをもって出発したが、ここに創立以来の念願を果すべく角川文庫を発刊する。これまで刊行されたあらゆる全集叢書文庫類の長所と短所とを検討し、古今東西の不朽の典籍を、良心的編集のもとに、廉価に、そして書架にふさわしい美本として、多くのひとびとに提供しようとする。しかし私たちは徒らに百科全書的な知識のジレッタントを作ることを目的とせず、あくまで祖国の文化に秩序と再建への道を示し、この文庫を角川書店の栄ある事業として、今後永久に継続発展せしめ、学芸と教養との殿堂として大成せんことを期したい。多くの読書子の愛情ある忠言と支持とによって、この希望と抱負とを完遂せしめられんことを願う。

一九四九年五月三日

角川文庫ベストセラー

誰もいない夜に咲く　桜木紫乃

寄せては返す波のような欲望に身を任せ、どうしようもない淋しさを封じ込めようとする男と女。安らぎを切望しながら寄るべなくさまよう孤独な魂のありようを、北海道の風景に託して叙情豊かに謳いあげる。

ワン・モア　桜木紫乃

月明かりの晩、よるべなさだけを持ち寄って躰を重ねる男と女は、まるで夜の海に漂うくらげ――。どうしようもない淋しさにひりつく心。切実に生きようともがく人々に温かな眼差しを投げかける、再生の物語。

砂上　桜木紫乃

守るものなんて、初めからなかった――。人生のどん詰まりにぶちあたった女は、すべてを捨てて書くことを選んだ。母が墓場へと持っていったあの秘密さえも……。直木賞作家の新たな到達点！

ルンルンを買っておうちに帰ろう　林真理子

モテたいやせたい結婚したい。いつの時代にも変わらない女の欲、そしてヒガミ、ネタミ、ソネミ。口には出せない女の本音を代弁し、読み始めたら止まらないと大絶賛を浴びた、抱腹絶倒のデビューエッセイ集。

葡萄が目にしみる　林真理子

葡萄づくりの町。地方の進学校。自転車の車輪を軋ませて、乃里子は青春の門をくぐる。淡い想いと葛藤、目にしみる四季の移ろいを背景に、素朴で多感な少女の軌跡を鮮やかに描き上げた感動の長編。

角川文庫ベストセラー

食べるたびに、哀しくって… 林　真理子

色あざやかな駄菓子への憧れ。初恋の巻き寿司。心を砕いた高校時代のお弁当。学生食堂のカツ丼。移り変わる時代相を織りこんで、食べ物が点在する心象風景をリリカルに描いた、青春グラフィティ。

次に行く国、次にする恋 林　真理子

買物めあてのパリで弾みの恋。迷っていた結婚に決着をつけたNY。留学先のロンドンで苦い失恋。恋愛の似合う世界の都市で生まれた危うい恋など、心わきたつ様々な恋愛。贅沢なオリジナル文庫。

イミテーション・ゴールド 林　真理子

レーサーを目指す恋人のためになんとしても一千万円を工面したい福美。株、ネズミ講、とその手段はエスカレート、「体」をも商品にしてしまう。若さ、金、権力——。「現代」の仕組みを映し出した恋愛長編。

聖家族のランチ 林　真理子

大手都市銀行に勤務するエリートサラリーマンの夫、美貌の料理研究家として脚光を浴びる妻、母のアシスタントを務める長女に、進学校に通う長男。その幸せな家庭の裏で、四人がそれぞれ抱える〝秘密〟とは。

RURIKO 林　真理子

昭和19年、4歳で満州の黒幕・甘粕正彦を魅了した信子。天性の美貌をもつ女性は、「浅丘ルリ子」として銀幕に華々しくデビュー。昭和30年代、裕次郎、旭、ひばりら大スターたちのめくるめく恋と青春物語！

角川文庫ベストセラー

男と女とのことは、何があっても不思議はない　林　真理子

みずうみの妻たち（上）（下）　林　真理子

さいはての彼女　原田マハ

翼をください（上）（下）　原田マハ

アノニム　原田マハ

「女のさようならは、命がけで言う。それは新しい自分を発見するための意地である」。恋愛、別れ、仕事、ファッション、ダイエット。林真理子作品に刻まれた宝石のような言葉を厳選、フレーズセレクション。

老舗和菓子店に嫁いだ朝子は、浮気に開き直る夫に望みを突きつけた。「フランス料理のレストランをやりたいの」。東京の建築家に店舗設計を依頼した朝子は、初めて会った男と共に、夫の愛人に遭遇してしまう。

脇目もふらず猛烈に働き続けてきた女性経営者が恋にも仕事にも疲れて旅に出た。だが、信頼していた秘書が手配したチケットは行き先違いで――？　女性と旅と再生をテーマにした、爽やかに泣ける短篇集。

空を駆けることに魅了されたエイミー。日本の新聞社が社運をかけて世界一周に挑む「ニッポン号」。二つの人生が交差したとき、世界は――。数奇な真実に彩られた、感動のヒューマンストーリー。

ジャクソン・ポロック幻の傑作が香港でオークションにかけられることになり、美里は仲間とある計画に挑む。一方アーティスト志望の高校生・張英才のもとには謎の窃盗団〈アノニム〉からコンタクトがあり!?

角川文庫ベストセラー

ギリギリ　原田ひ香

お天気屋のお鈴さん　堀川アサコ

おせっかい屋のお鈴さん　堀川アサコ

オリンピックがやってきた
猫とカラーテレビと卵焼き　堀川アサコ

うさぎ通り丸亀不動産
あの部屋、ワケアリ物件でした　堀川アサコ

脚本家の卵である健児は、同窓会で夫と死別したばかりの瞳と再会し、彼女のマンションに居候する形で再婚。前夫の不倫相手や母親など、大切な人を失った彼らが織りなす奇妙な人間関係の行方は？

杜の都、仙台にはお天気屋な幽霊がいる。永遠の17歳（なぜなら死んでいるから）お鈴さんである。現代の生活を満喫し、はては街で起こる事件解決にまで乗り出す。彼女に憑かれたら、毎日飽きることなし⁉

こんなにかわいい、おしゃまな幽霊なら会ってみたい！　杜の都、仙台で暮らすカエデが取り憑かれたのは超わがままお嬢さまの幽霊。しかもおせっかいで、困った人を放っておけず騒動ばかり引き起こし⁉

「昭和39年、わたしの家に初めてカラーテレビがやってきた。これで東京オリンピックが見られる！」。高度成長期ただ中の日本で、どの家庭にもあった笑いと涙の日々を描く、昭和の「朝ドラ」的な物語。

丸亀不動産ただ一人の社員、美波の採用理由は「視える」から。女社長から霊感あるんだから解決してこいと言われ、ある物件に潜入させられるが。「幻想」シリーズで人気の著者による新感覚お仕事小説。

角川文庫ベストセラー

ある晴れた日に、墓じまい　堀川アサコ

バツイチ独身、44歳の正美は乳がんを患ったことから、実家の墓じまいを決心する。でも降りかかるのは難題だらけ。この先、うちのお墓はどうなるの？　気になるお墓事情もしっかりわかるイマドキの家族小説。

ロマンス小説の七日間　三浦しをん

海外ロマンス小説の翻訳を生業とするあかりは、現実にはさえない彼氏と半同棲中の27歳。そんな中ヒストリカル・ロマンス小説の翻訳を引き受ける。最初は内容と現実とのギャップにめまいものだったが……。

月魚　三浦しをん

『無窮堂』は古書業界では名の知れた老舗。その三代目に当たる真志喜と「せどり屋」と呼ばれるやくざ者の父を持つ太一は幼い頃から兄弟のように育つ。ある夏の午後に起きた事件が二人の関係を変えてしまう。

白いへび眠る島　三浦しをん

高校生の悟史が夏休みに帰省した拝島は、今も古い因習が残る。十三年ぶりの大祭でにぎわう島である噂が起こる。【あれ】が出たと……悟史は幼なじみの光市と噂の真相を探るが、やがて意外な展開に！

ののはな通信　三浦しをん

ののとはな。横浜の高校に通う2人の少女は、性格が正反対の親友同士。しかし、ののははなに友達以上の気持ちを抱いていた。幼い恋から始まる物語は、やがて大人となった2人の人生へと繋がって……。

角川文庫ベストセラー

無印結婚物語　群　ようこ

有利なチャンスをつかもうと挑んだお見合い結婚。"愛の力"を信じて決断した恋愛結婚……小さなやすらぎと大きな不満が錯綜する"結婚"という十二のドラマチック・ストーリー。

二人の彼　群　ようこ

こっそり会社を辞めた不甲斐ない夫、ダイエットに一喜一憂する自分。自分も含め、周りは困った人と悩ましい出来事ばかり。ささやかだけれど大切な、"思い"をつめこんだ誰もがうなずく10の物語。

三味線ざんまい　群　ようこ

固い決意で三味線を習い始めた著者に、次々と襲いかかる試練。西洋の音楽からは全く類推不可能な旋律、はじめての発表会での緊張——こんなに「わからないことだらけ」の世界に足を踏み入れようとは！

しいちゃん日記　群　ようこ

ネコと接して、親馬鹿ならぬネコ馬鹿になることを、「ネコにやられた」という——女王様ネコ「しい」と、御歳18歳の老ネコ「ビー」がいる幸せ。天下のネコ馬鹿が贈る、愛と涙がいっぱいの傑作エッセイ。

財布のつぶやき　群　ようこ

家のローンを払い終えるのはずっと先。毎年の税金問題も悩みの種。節約を決意しては挫折の繰り返し。"おひとりさまの老後"に不安がよぎるけど、本当の幸せって何だろう。暮らしのヒントが詰まったエッセイ。

角川文庫ベストセラー

三人暮らし　群　ようこ

しあわせな暮らしを求めて、同居することになった女3人。一人暮らしは寂しい、家族がいると厄介。そんな女たちが一軒家を借り、暮らし始めた。さまざまな事情を抱えた女たちが築く、3人の日常を綴る。

欲と収納　群　ようこ

欲に流されれば、物あふれる。とかく収納はままならない。母の大量の着物、捨てられないテーブルの脚に、すぐ落下するスポンジ入れ。家の中には「収まらない」ものばかり。整理整頓エッセイ。

しっぽちゃん　群　ようこ

拾った猫を飼い始め、会社や同僚に対する感情に変化が訪れた33歳ＯＬ。実家で、雑種を飼い始めた出戻り女性。爬虫類や虫が大好きな息子をもつ母。――しっぽを持つ生き物との日常を描いた短編小説集。

無印良女（むじるしりょうひん）　群　ようこ

自分は絶対に正しいと信じている母。学校から帰宅しても体操着を着ている、高校の同級生。群さんの周りには、なぜだか奇妙で極端で、可笑しな人たちが集っている。鋭い観察眼と巧みな筆致、爆笑エッセイ集。

作家ソノミの甘くない生活　群　ようこ

元気すぎる母にふりまわされながら、一人暮らしを続ける作家のソノミ。だが自分もいつまで家賃が払えるか心配になったり、おなじ本を3冊も買ってしまったり。老いの実感を、爽やかに綴った物語。

角川文庫ベストセラー

老いと収納　群　ようこ

マンションの修繕に伴い、不要品の整理を決めた。壊れた物干しやラジカセ、重すぎる掃除機。物のない暮らしには憧れる。でも「あったら便利」もやめられない。老いに向かう整理の日々を綴るエッセイ集！

うちのご近所さん　群　ようこ

「もう絶対にいやだ、家を出よう」。そう思いつつ実家に居着いたマサミ。事情通のヤマカワさん、嫌われ者のギンジロウ、白塗りのセンダさん。風変わりなご近所さんの30年をユーモラスに描く連作短篇集！

まあまあの日々　群　ようこ

もの忘れ、見間違い、体調不良……加齢はそこまでやってきているし、ちょっとした不満もあるけれど、なんとか「まあまあ」で暮らしていければいいじゃない。少し毒舌で、やっぱり爽快！な群流エッセイ集。

アメリカ居すわり一人旅　群　ようこ

語学力なし、忍耐力なし。あるのは貯めたお金だけ。それでも夢を携え、単身アメリカへ！　待ち受けていたのは、宿泊場所、食事問題などトラブルの数々。あるがままに過ごした日々を綴る、痛快アメリカ観察記。

咳をしても一人と一匹　群　ようこ

出かけようと思えば唸り、帰ってくると騒ぐ。しおらしさの一つも見せず、女王様気取り。長年ご近所最強のネコだったしい。老ネコとなったしいとの生活を、時に辛辣に、時にユーモラスに描くエッセイ。